Gabriele Böing

# Wenn Freundinnen denselben Mann lieben

**Impressum**

Bibliografische Information der Deutschen
Nationalbibliothek:
Die Deutsche Nationalbibliothek verzeichnet diese
Publikation in der Deutschen Nationalbibliografie;
detaillierte bibliografische Daten sind im Internet über
http://dnb.dnb.de abrufbar.

2. Auflage

© 2020 Gabriele Böing

Herstellung und Verlag: BoD – Books on Demand,
Norderstedt

ISBN: 978-3-7504-8197-8

Hätte Sevy geahnt, wie sehr dieser Abend ihr Leben aufrühren und verändern würde, hätte sie ihre ohnehin schon unwillige Zusage noch ein weiteres Mal überdacht.

»Es freut mich, dass du mit mir feiern gehst, Sevy. Heute ist Weiberfastnacht und in unserem Alter sollten wir an einem solchen Tage nicht zu Hause Trübsinn blasen.« Marina, Sevys Freundin und Arbeitskollegin in der Allgemeinmedizinerpraxis des Herrn Dr. Laurenz Reuter, schob die schwere Schublade des Aktenschrankes leise zu.

»In unserem Alter? Ich bin 32 Jahre alt. Weiberfastnacht ist eher was für meine jüngere Schwester Burgis mit ihren 25 Jahren.« Sevy lachte bitter auf, während sie gerade das hoffentlich für heute letzte Rezept ausdruckte.
»Dann betrachte es doch als Begleitung deiner jüngeren Freundin, nämlich mir. Ich bin erst 28 und du solltest aufpassen, dass ich keinen Unsinn mit all diesen angeheiterten Männern in den Kneipen treibe.« Marina lachte voller Vorfreude auf.

Sevy nickte grinsend. »Der Doktor würde durchdrehen, wenn du auch noch schwanger würdest. Nachdem unsere dritte Sprechstundengehilfin schon im Mutterschutzurlaub ist, schaffen wir unsere Arbeit hier gerade noch so eben. Wenn du dann noch ausfallen würdest, könnte ich hier mein Bett aufstellen und Doppelschichten arbeiten.«

»Keine Sorge, ich werde schon nicht schwanger«, kicherte Marina. »Ich bin eine moderne Frau und kenne die Gefahren.«

Sevy schloss das medizinische Programm. Der letzte Patient saß gerade beim Doktor und sein Rezept war schon gedruckt. Heute am Weiberfastnachtdonnerstag waren nur sehr wenige Patienten in die Praxis gekommen. Es schien tatsächlich so, als könnten die beiden Sprechstundengehilfinnen heute ausnahmsweise pünktlich Feierabend machen.

»Du willst die Nacht heute wohl nicht alleine verbringen, Marina«, vermutete Sevy, bevor sie den Bildschirm ausschaltete.

»Es ist Weiberfastnacht, Sevy! Da darf eine Frau alles! Wenn mir ein süßer Mann über den Weg läuft, kann ich daher für nichts garantieren.« Marina schloss bereits die schweren Aktenschränke ab.

Sevy schüttelte nur verständnislos den Kopf.

»Ja, ich weiß, Sevy. Du wirst nur einen Mann in dein Bett lassen, den du auch liebst. Genieße doch dein Leben einfach. Du hast so viel für andere getan und aufgeben. Nun wird es Zeit, dass du dir auch mal ein bisschen Vergnügen gönnst.« Nachdem Marina geprüft hatte, ob sämtliche Patientenaktenschränke verschlossen waren, ging sie in das Labor. Auch die Medikamente im Labor und in den Sprechzimmern mussten täglich von ihnen sorgfältig eingeschlossen werden.

Sevy wusste, dass Marina im Grunde Recht hatte. Weil ihr Vater schon früh an einem plötzlichen Herzinfarkt gestorben war, musste sie eine Ausbildung beginnen. Die Witwenrente ihrer Mutter reichte vorne und hinten nicht aus, um ihre Familie zu ernähren. Ihre damals noch neunjährige Schwester, sie und ihre Mutter mussten sehen, wie sie ihre Miete und ihren notwendigsten Lebensunterhalt bestreiten konnten. Obwohl Sevy bis zu diesem Zeitpunkt eine Musterschülerin mit herausragenden Noten gewesen war, musste sie daher das

Gymnasium verlassen, um schnellstmöglich Geld mit nach Hause zu bringen. Ihre Mutter nahm verschiedene Putzjobs an, während Sevy eine Ausbildung zur medizinischen Fachangestellten begann. Sie hatte sich schon immer für Medizin interessiert und sich daher in der Schule besonders angestrengt, um die Zugangsvoraussetzungen für ein Medizinstudium zu erhalten. Nun besaß sie zwar einen medizinischen Beruf, fühlte sich aber unterfordert, häufig gelangweilt und als Versagerin.

»So, alles ist abgeschlossen und abgeschaltet. Wenn der letzte Patient die Praxis gleich verlassen hat, können wir nach Hause gehen. Soll ich dich dann in einer Stunde abholen?«, sprudelte Marina voller Vorfreude auf den ausgelassenen Abend mit vielen Flirts. Die Freundinnen saßen hinter der Patientenempfangstheke und warteten darauf, dass der letzte Patient mit einem »Auf Wiedersehen« ihren Feierabend einläuten würde.

»Ja, in einer Stunde bin ich dann auch so weit. Aber ich verkleide mich nicht.«

»Kein Problem, Sevy. Ich male dir mit meinem pinkfarbenen Lippenstift ein großes Herz auf deine rechte Wange und das genügt.« Marina kicherte.

Sevy stöhnte genervt auf, nickte dann aber lächelnd. Sie empfand die Begeisterung von Marina als nahezu ansteckend, wenn sie nicht solch eine heftige Abneigung gegen Karneval gehabt hätte. Die alberne Ausgelassenheit, die betrunkenen Menschen, die stupide Stimmungsmusik, die billigen Flirts und der jährliche Babyboom neun Monate nach diesem Ereignis machten ihr jedes Mal Angst. Oder mochte sie Karneval einfach nur nicht, weil sie noch immer nicht bereit war, sich mit ihrem Schicksal abzufinden und unbekümmert zu feiern? Vielleicht hatte sie auch eher Angst davor, als ruhige Frau hinter den anderen fröhlichen Geschlechtsgenossinnen zurückstecken zu müssen. Jedes Mal, wenn sie mit Marina, ihrer jüngeren Schwester oder anderen Freundinnen ausgegangen war, unterhielten sich die Männer stets ernsthaft mit ihr. Bei Flirts oder Komplimenten wurde sie dann jedoch zumeist völlig ignoriert oder sogar ganz vergessen.

»Es wird auch mal wieder Zeit, dass du einen Freund hast, Sevy. Deine einzige Beziehung dauerte zwar fünf Jahre, wie du mir erzählt hast. Allerdings liegt sie jetzt auch schon einen ähnlich langen Zeitraum zurück.« Marina wollte Sevy aufmuntern, wobei sie jedoch mit diesem Thema das Gegenteil erreichte.

»Lass bitte Sven aus dem Spiel!« Sevy schüttelte sich. »Er hat mich sogar mit meiner damaligen Freundin betrogen. Mein nächster Freund muss auf jeden Fall hundertprozentig treu sein.«

Marina lachte zweifelnd auf. »Du stellst noch immer ziemlich hohe Anforderungen.«

Doch Sevy musste auf ihre Entgegnung nicht mehr antworten, denn Dr. Reuter verabschiedete gerade mit einer lauten, freundlichen Stimme seinen letzten Patienten.

## KAPITEL 2

Eine knappe Stunde später läutete Sevys Wohnungstürklingel. Als sie die Wohnungstür öffnete, stand eine grell geschminkte Marina mit gelocktem, blondem, langem Haar davor. Sie hatte ihre vorhin noch züchtige schwarze Hose und ihren Arzthelferinnenkittel gegen eine tigermusterfarbene, hautenge Leggins und ein passendes weit ausgeschnittenes T-Shirt getauscht. Marinas hochhackigen, dunkelbraunen Pumps verliehen ihr jedoch eher ein gazellen- als ein raubtierhaftes Aussehen.

Über dem linken Arm trug Marina einen dicken Wintermantel, der bei dem noch frostigen Februarwetter wesentlich angemessener erschien als ihre offenherzige Hochsommerverkleidung.

»Wie sehe ich aus?«, fragte Marina schrill in dem ruhigen, widerhallenden Hausflur.

»Komm doch erst einmal herein!«, forderte Sevy sie auf.

Als sie die Wohnungstür nach Marina wieder geschlossen hatte, drehte sich ihre

Freundin überdreht im Kreis: »Wenn meine Aufmachung die Männerwelt nicht anzieht wie Zuckerwasser die Fliegen, gehe ich ab Aschermittwoch ins Kloster!«

»Dann muss ich in der Praxis die ganze Arbeit doch alleine bewältigen«, lachte Sevy. »Du sieht noch attraktiver aus als sonst, Marina. Wie hast du in deine glatten Haare so viele große, fantastische Locken hereinzaubern können?«

Marina grinste. »Danke für dein Kompliment. Du willst doch nicht heute an Weiberfastnacht auch solch verführerische, lockige Haare haben?«, neckte Marina sie.

»Nein, nein, ich bleibe lieber so, wie ich wirklich bin«, wehrte Sevy schnell ab.

Marina begutachtete eingehend ihre Freundin und schüttelte dann missbilligend den Kopf. »Glatte, halblange, hellbraune Haare, kaum geschminkt, Jeans und ein schwarzer Glitzerpulli. Mehr hast du den Männern an Weiberfastnacht nicht zu bieten?« Marina zog jedoch dann gleichgültig ihre Schultern hoch. »Zumindest bringt die Jeans deine zarte Figur gut zur Geltung.«

Sevy lachte auf. »Ich will dir und den anderen Frauen heute keine Konkurrenz machen. Männer, die sich nur mit einer Frau amüsieren wollen und danach spurlos verschwinden, sind sowieso nicht die Richtigen für mich.«

Marina hüpfte schon die ganze Zeit aufgeregt von einem Bein auf das andere. »Wie du willst, Sevy. Schnapp dir jetzt aber deine Jacke und lass uns gehen. Auf den Straßen und in den Kneipen herrscht schon ausgelassene Karnevalsstimmung.«

Sevy stöhnte betont genervt auf, nahm dann aber ihren Wintermantel von dem Garderobenhaken und ergriff ihre Handtasche sowie den Schlüssel. Sie verließ mit ihrer Freundin die Wohnung. Sevy hatte zwar keine Lust, an den übermütigen, alkoholisierten Partys teilzunehmen, aber sie begleitete ihre Arbeitskollegen dennoch der langen Freundschaft willen.

Sevy ahnte nicht, wie viel Kummer sie sich erspart, aber auch um welche schönen Ereignisse sie sich gebracht hätte, wenn sie an diesem Abend stattdessen zu Hause geblieben wäre.

## KAPITEL 3

Zielsicher führte Marina ihre Freundin zu ihrer Lieblingskneipe, einem irischen Pub. Das im irischen Landhausstil ausgestattete Szenelokal mit den dunklen Holzmöbeln spielte heute ausnahmsweise nicht die schwermütige Musik der grünen Insel, sondern fröhliche Karnevalslieder. Über den schweren hölzernen Deckenleuchten hingen bunte Luftschlangen. Konfetti war über die Holztische und die antike Dunkelholztheke gestreut.

»Die Reinigungskräfte werden sich freuen, wenn sie morgen Früh mühsam jeden einzelnen der bunten Papierschnipsel entfernen müssen«, stöhnte Sevy mitfühlend, als sie das Durcheinander von Dekoration und den bereits angetrunkenen, feiernden Gästen sah. Viele der Pubbesucher waren verkleidet. Die Männer bevorzugten offensichtlich Piraten-, Soldaten- und Rockerkostüme, während die Verkleidung der Frauen in erster Linie eine Entkleidung zu sein schien. So waren die Röcke oder Kleider der weiblichen feiernden Gäste stets besonders kurz und die

Schuhe außergewöhnlich hoch. Die Oberteile wiesen ebenfalls einen verführerisch ausgeschnittenen oder zumindest hautengen Schnitt auf. Sevy lachte auf. Die Make-up-Produzenten hatten ihre Verkaufszahlen in diesem Karnevalsmonat sicher verdoppeln können. Ob als Serviererin, Bardame, Dienstmädchen, bayrische Dirndldame oder Hexe: Die Schminke war stets genau so dick wie farbenfroh aufgetragen und die Kleidung entsprechend stoffarm.

Sevy fand es inzwischen sehr interessant, die Flirtrituale der Gäste zu beobachten, auch wenn sie sich als nicht verkleidete, unscheinbare Frau ein wenig fehl am Platze vorkam. Zumindest hatte ihr Marina tatsächlich noch ein pinkes Herzchen auf die rechte Wange gemalt, wodurch Sevy ihren guten Willen, sich dem Karnevalstrubel ein Stück weit unterzuordnen, grell sichtbar zum Ausdruck brachte.

»Sei kein Spielverderber, Sevy. Vielleicht bekommt die Putzkolonne sogar eine Extrabezahlung als Konfettizulage und freut sich daher über den Zusatzverdienst an den Karnevalstagen. Jetzt wird erst einmal gefeiert.« Marina zog Sevy in das Getümmel der tanzenden und singenden Pubbesucher.

Mühsam ergatterte sich Sevy einen hohen Hocker an der Bar. Der Gast, der vorher dort gesessen hatte, verließ den Pub mit einigen Freunden. Marina tänzelte vor Sevy herum und versuchte gerade Augenkontakt mit einem auffällig attraktiven Herrn zu halten, der sich als fahlgesichtiger Außerirdischer mit langen weißen Haaren verkleidet hatte. Er trug schwere schwarze Lederstiefel, die immer mal wieder zwischen den tanzenden Beinen der vor ihm stehenden Karnevalisten zum Vorschein kamen. Sein Kostüm bestand zudem aus einer schwarzen, engen Hose und einem schweren, gemusterten schwarzen Ledermantel darüber, den er mit einem dicken Gürtel verschlossen hatte. Sein Gesicht war unter dem weißen Make-up kaum zu erkennen. Nur die Gesichtsform und die auffällig hellblauen Augen waren sichtbar.

Irgendetwas an diesem Mann faszinierte auch Sevy. Er wirkte niedlich, hilflos und zudem dominant. Dieser menschliche Alien schien voller Widersprüche zu stecken, die ihn so interessant machten. Vermutlich war er außerhalb seiner Verkleidung ein schüchterner, in sich gekehrter Buchhalter, der im Karneval ein gegensätzliches Kostüm, nämlich das eines außerirdischen Machos, gewählt hatte.

Ohne auf eine deutliche Reaktion dieses Herrn auf ihre Flirtversuche mit ihm zu warten, steuerte Marina plötzlich zielsicher auf ihn zu. Sie quetschte sich durch die eng beieinanderstehenden tanzenden Gäste und musste aufpassen, dass sie nicht an die teils halb vollen, teils jedoch noch vollständig gefüllten Biergläser stieß. Als Marina bei diesem faszinierenden Herrn angekommen war, gab sie ihm unvermittelt einen Kuss auf den Mund, nahm ihn an die Hand und zog ihn durch die Menschenmenge zur Bar herüber, an der auch ihre Freundin saß.

Sevy wurde plötzlich sehr aufgeregt. So langsam verstand sie, warum andere Menschen Karneval so toll fanden. Auch sie brannte jetzt darauf, zu ergründen, welche Persönlichkeit sich tatsächlich hinter dieser aufwändigen Verkleidung verbarg.

## KAPITEL 4

Langsam näherte sich Marina mit dem originell verkleideten Mann an der Hand der Bar. Soweit es die zentimeterdicke Make-up-Schicht auf seinem Gesicht zuließ, glaubte Sevy ein verschmitztes Lächeln in seinen Mundwinkeln erkennen zu können. Als Marina mit dem Mann vor ihr auftauchte, zeigte sie auf Sevy und sprudelte aufgeregt, wobei sich ihre Stimme überschlug: »Darf ich dir meine Freundin, Sevy, vorstellen?«

Der Mann hielt ihr die Hand hin und sagte: »Ich bin Ray.«

»Schön, Sie kennen zu lernen.«

Marina stieß Sevy in die Seite. »Am Karneval duzt man sich natürlich.«

Ray grinste leicht. Mehr Gesichtszüge ließ wohl seine Make-up-Schicht nicht zu. »Sevy ist ein merkwürdiger Name. Woher kommt er?«

»Eigentlich heiße ich Severina, aber Sevy gefällt mir besser«. Die Arroganz, die dieser Mann ausstrahlte, verschlug ihr die Sprache. Nicht nur das Kostüm erinnerte an einen erfolgreichen Krieger. Auch seine laute und dennoch gefühlvolle Stimme, sein offener

Augenkontakt und sein Zwinkern in den intelligent strahlenden Augen, ließen Sevys Knie weich werden.

»Also, Sevy. Offensichtlich bist du mit Karneval und Weiberfastnacht nicht so vertraut, wie ich aus deiner spärlichen Verkleidung schließe. Wenn man sich mit einem Mann unterhalten möchte, küsst man ihn erst einmal. Vermutlich hat deine Freundin vergessen, dich über dieses unwichtige Detail aufzuklären.« Mit einem offensichtlichen Zwinkern seines hellblauen linken Auges ging er zielstrebig auf Sevy zu.

»Moment mal, Ray. Marina will sich mit dir unterhalten, nicht ich«, fühlte sich Sevy verpflichtet, klarzustellen. Zu ihrem eigenen Erstaunen hoffte sie jedoch, er möge ihr dennoch einen Kuss geben. War die Oberflächlichkeit von Karneval wirklich so hochansteckend, dass sie auch schon von wildfremden Männern geküsst werden wollte? Oder lag es an der besonderen Ausstrahlung dieses besonderen Mannes, der sie sich immer weniger entziehen konnte?

Doch Ray ging sofort einen Schritt zurück und lachte laut auf. »Das war eine eindeutige

Abfuhr, Sevy. Aber vielleicht gefällt dir mein Freund besser, mit dem ich hier bin.«

Sevy schüttelte enttäuscht den Kopf, aber da reckte sich der sicher 1,90 Meter große Ray schon und brüllte mit männlich starker Stimme durch die singende und lachende Menschenmenge: »René, hier ist eine junge Dame, die lieber dich kennen lernen möchte als mich. Komm mal hier herüber.«

Ein als Wrestler verkleideter, muskulöser, blonder Mann setzte sich in Bewegung und drängelte sich durch die dicht beieinanderstehenden Gäste. Sein rasierter und glänzender Oberkörper war nahezu nackt und wurde nur durch eine ärmellose Lederweste leicht bedeckt. Es dauerte nur ein paar Sekunden, bis er vor ihnen stand.

»Das ist René, mein Freund«, stellte Ray ihn lachend vor. »Er hat mich auf Knien rutschend angefleht, ich möge mich doch verkleiden und mit ihm heute zu Weiberfastnacht in eine Kneipe gehen. Eigentlich liegt mir Karneval nicht.«

»Dafür, dass du Fasching nicht magst, ist dein Kostüm aber sehr aufwändig!«, schwärmte Marina und lehnte sich liebevoll bei ihm an. Sevy schluckte.

»Ray ist ein absoluter Science-Fiction-Fan«, mischte sich nun René ein. »Er gibt einen beträchtlichen Teil seines hart verdienten Gehaltes für Science-Fiction-Messen und - Conventions aus. Einmal hat er für das Alienkostüm, das er heute Abend trägt, sogar einen Preis gewonnen.« René redete die ganze Zeit zu Marina gewandt und hatte rotgefärbte Wangen bekommen. Sevy schien er nicht mehr wahrzunehmen. Es war mal wieder offensichtlich, welche Frau sein Interesse geweckt hatte. Wie üblich war Sevy einfach zu ernsthaft, unauffällig und zurückhaltend, um die Blicke sowie das Interesse der Männer auf sich lenken zu können. Sevy drehte sich ein wenig enttäuscht zur Bar um. Natürlich würde auch Ray der aufregenden Aufmachung und der quirlig, frech-weiblichen Art von Marina erliegen. Marina lag schon fast in seinen Armen. Ray musste nur noch zugreifen.

Doch Ray, der die Begeisterung seines Freundes für Marina offensichtlich auch mitverfolgt hatte, löste sich von Marina und sprach Sevy von der Seite an. »Nun ja, meine Begeisterung für diese Zukunftsfilme ist eigentlich nur eine Spielerei. Bei meinem Job bekomme ich schwer eine ernsthafte Partnerin und dann gönne ich mir wenigstens gelegentlich mal ein paar schöne Stunden unter den vertrauten Außerirdischen.«

»Was machst du denn beruflich, dass die Frauen vor dir wegrennen?«, versuchte Sevy überrascht, auch etwas zum Gespräch beizutragen.

»Ich bin Vertriebsmanager. Leider bringt es der Job mit sich, dass ich sehr häufig Auslandsreisen zu Niederlassungen oder Kunden unternehmen muss. Oft lebe ich daher mehr im Ausland als in Deutschland«, antwortete Ray ernst.

»Du vertreibst vermutlich Raumschiffe, Alienkostüme oder Ledermäntel«, mischte sich ihre Freundin Marina schon ein wenig angeheitert in ihr Gespräch mit Ray ein. Sie hatte sich wieder bei Ray angelehnt und schaute ihn mit großen, kindlich-bewundernden Augen an. Marina hatte keinesfalls vor, diesen attraktiven Mann an diesem Abend jemand anderem zu überlassen.

Doch, bevor Ray antworten konnte, mischte sich bereits René ein. »Mein Freund verkauft irgendwelche Maschinenteile, die häufiger ersetzt werden müssen. Nicht nur, dass seine

Arbeit für Frauen uninteressant ist, sondern er ist auch lange Zeiten im Ausland. Wer weiß, vielleicht hat er sogar in jeder ausländischen Vertriebsstätte eine andere junge Frau, die auf ihn wartet?« René haute Ray kumpelhaft auf die Schulter, doch im Grunde war es sein Versuch, Marina auch die Nachteile einer Beziehung mit Ray aufzuzeigen. Es war offensichtlich, dass er großen Gefallen an ihr gefunden hatte und seinen Freund nun als Frauenheld dastehen lassen wollte, was manche Frauen abschreckte. Sevy musste auflachen. Dieses männliche Spiel des sich Gegenseitigausstechens erinnerte sie zu sehr an die Gorillamännchen im Zoo, die sich brüllend mit den Fäusten auf die Brust schlagen, um ihre Vormachtstellung zu demonstrieren. Der Gorilla, der am lautesten und bedrohlichsten wirkte, gewann nicht nur die Führungsrolle, sondern auch noch das begehrte Weibchen, in diesem Falle offensichtlich Marina.

Aber auch Ray lachte laut auf. »Danke, lieber Freund, dass du mich als begehrenswerter Frauenheld darstellen willst. Aber im Grunde ziehe ich eine ernsthafte Beziehung den oberflächlichen Affären mit jungen Damen vor.« Hatte er Sevy tatsächlich dabei zugezwinkert oder war es ihr nur so vorgekommen? »Obwohl ich glaube, dass ich mich nicht gerade an Weiberfastnacht als verklemmter, arbeits- und spielsüchtiger Langweiler hätte outen sollen?« Nun sah er Sevy fragend an.

»Was bin ich erleichtert!«, freute sich Sevy. »Dann fühle ich mich nicht mehr als einzige langweilige Außenseiterin unter den Jecken.« Im Augenwinkel beobachtete sie jedoch, wie Marina sie wütend anfunkelte. Ihre Freundin war hinter einem Flirt und womöglich einer gemeinsamen Nacht mit Ray aus gewesen. Die Wendung des Gesprächs zeigte auch Marina deutlich, dass er keineswegs beabsichtigte, sich mit ihr auf ein kurzes Abenteuer einzulassen. Stattdessen hatte er in Sevy eine Verbündete gefunden.

René ging, sich seines Sieges gegen Ray bewusst, einen Schritt auf Marina zu. »Gut, dass wir beide anders sind, nicht wahr, Marina? Was hältst du davon, wenn wir uns auch ins bunte Treiben dort drüben stürzen würden und diesen Abend einfach nur genießen?« Seine Augen glänzten voller

Vorfreude. Marina drehte sich nach Ray und Sevy um, nickte dann und schob sich ins Getümmel.

Sevy befürchtete einen Moment, Ray würde sich den beiden Karnevalisten doch anschließen wollen. Er lehnte sich jedoch aufatmend an die Theke und legte den Arm um Sevy. »Schöne Frau, was machen wir jetzt?«

Sevy sah Ray verwirrt an. Worauf wollte er heraus? War das etwa ein unmoralisches Angebot von ihm?

Als Ray den leicht entsetzten Blick von Sevy auffing, begann er laut zu lachen. Zärtlich zog er sie an sich und ergänzte: »Ich meinte, dass wir beiden hierbleiben sollten. Von hier aus können wir das Treiben der Karnevalsbegeisterten in Ruhe bestaunen. Marina, René und die anderen sind dann freier, das zu tun, weswegen sie auch uns ursprünglich hierhergeschleppt haben.«

Sevys Herz klopfte viel zu aufgeregt. Sie nickte zustimmend und schaute Ray an. Wie gerne hätte sie diesen faszinierenden Mann unter diesem dicken Make-up und dem undurchdringlichen Kostüm gesehen. Sie würde Ray noch nicht einmal wiedererkennen, wenn sie ihm nach diesem Abend irgendwo begegnete, denn sie konnte nicht sehen, wie er ohne diese dicke Schminkschicht auf seinem Gesicht aussah. Seine Ausstrahlung war einzigartig, die nur noch durch seine tiefe, weiche Stimme übertroffen wurde.

Würde ihr Körper die gleichen Signale senden, wenn sie ihm morgen unbekannterweise wieder im Bus begegnete oder in einer Bäckerei? Würde ihr Herz auch so aufgeregt klopfen, ihr Kopf keinen klaren Gedanken mehr fassen können und ihre Hand nass werden? Vielleicht hätte er jedoch seine männlich hypnotisierende Ausstrahlung ohne dieses überwältigende Kostüm verloren? War es nur der Zauber des Faschings, der sie so mit Gefühlen für Ray überschwemmte?

Ray stand ruhig neben ihr und hielt sie noch immer im Arm. Sevy hätte so gerne den Kopf an seine Schulter gelegt, aber sie traute sich nicht. Was wäre, wenn er sich bedrängt fühlte und sich daher von ihr abwenden würde? Sevy merkte, dass sie Ray bereits verfallen war. Wenn er nur nicht diese Maskierung tragen würde, dann könnte sie seine Gedanken viel deutlicher von seinen Augen und seiner Mimik ablesen.

»Wie siehst du eigentlich ohne deine Maske aus?«, platzte es daher unüberlegt aus Sevy heraus.

»Ich hoffe, ich sehe dann einem Menschen ähnlicher als einem Außerirdischen«, lachte Ray.

»Welche Haarfarbe hast du? », Sevy wollte nicht einfach aufgeben und riskieren, ihn nicht wiederfinden zu können.

»In meinem zweiten Leben als Vertriebsmanager trage ich hellbraune, kurze Haare«, amüsierte sich Ray.

»Hast du ein Foto von dir dabei?«, Sevy galt schon immer als hartnäckig.

»Natürlich trage ich immer ein Bild von meinem liebsten Schatz, nämlich mir, im Portmonee herum. Weißt du, damit ich es immer ansehen kann, wenn ich vergessen sollte, wie ich aussehe.« Sarkasmus schwang in seiner Stimme mit, aber auch viel Spaß.

»Mit deiner Verkleidung weiß ich doch gar nicht, wie du wirklich aussiehst«, verteidigte sich Sevy.

»Das ist der Plan dabei, wenn man sich an den Karnevalstagen kostümiert und schminkt.

Je nachdem, was man angestellt hat, kann es dann durchaus Vorteile haben, nicht mehr erkannt werden zu können.« Ray sprach in einem schulmeisterhaften Ton mit ihr.

»Hast du denn kein Foto auf deinem Handy, auf dem du auch zu sehen bist?«

»Sevy, dich könnte ich gut als Mitarbeiterin einsetzen. Deine Hartnäckigkeit ist in einem Vertriebsjob Gold wert. Ich mag Frauen, die nicht gleich aufgeben, wenn sie Gegenwind bekommen, sondern ihren Willen versuchen, durchzusetzen. Ich glaube, wir würden hervorragend zueinanderpassen.« Ray beugte sich zu ihr herunter und gab ihr unvermittelt einen kurzen, weichen Kuss auf den Mund. Sevy schreckte nicht zurück, sondern schloss die Augen. Ray roch nach herbem Aftershave, aber auch nach Make-up.

»Näher dürfen wir uns jetzt nicht kommen, da sonst mein mühevoll aufgelegtes Make-up verschmieren würde und ich dann eher aussehe wie eine Horrorfigur. Was ich momentan als bedauernswerten Nachteil meiner Maske empfinde, kommt dir vermutlich ganz recht?«

Sevy nickte pflichtbewusst, da sie wusste, dass Ray das erwartete. Viel lieber hätte sie jedoch den Kopf geschüttelt. Was hatte dieser Mann nur an sich, dass sie bereit war, für ihn alle ihre Vorsätze über Bord zu werfen. Ging es Marina immer so, wenn sie einen attraktiven Mann sah? Konnte sie ihnen deshalb nicht so gut widerstehen?

Was macht eigentlich Marina jetzt gerade? Sevy war so sehr von Rays Ausstrahlung eingefangen worden, dass sie ihre Freundin für kurze Zeit völlig vergessen hatte. Erleichtert stellte Sevy fest, dass sie sich bereits an René angekuschelt hatte. Offensichtlich waren ihre Gefühle für Ray nicht so tief gewesen wie ihre eigenen. Sevy ahnte nicht, dass Marina mit ihrem feinen weiblichen Gespür für die Situation bereits erkannt hatte, dass sie Ray an diesem Abend nicht bekommen könnte. Er hatte sich ihrer Freundin zugewandt, was Marina zwar im Moment akzeptieren, aber nicht einfach nur hinnehmen würde. Ihr Kampfinstinkt war geweckt und sie würde diesen attraktiven Mann mit Geduld und List früher oder später auf ihre Seite und in ihr Bett ziehen.

## KAPITEL 5

Während sich Marina scheinbar wunderbar mit René amüsierte und ihre Freundin nicht mehr beachtete, waren Sevy und Ray in ihr Gespräch vertieft. Ray erzählte von seinen betrieblichen Reisen zu den Vertriebsniederlassungen in anderen Ländern, vor allem nach Tokio in Japan. Er schilderte die unterschiedlichen Kulturen, die Besonderheiten und unterhielt sie mit amüsanten Anekdoten. Sevy hörte fasziniert zu und bemerkte plötzlich, dass ein ganz normaler Tag als Sprechstundengehilfin in einer Arztpraxis auch viele denkwürdige Begebenheiten zu bieten hatte. Während Ray jedes Erlebnis mit solch einer Hingabe und Freude erzählte, fielen auch ihr immer mehr interessante Vorfälle aus ihrem Berufsalltag ein. Sevy musste dem Leben nur mit etwas mehr Humor und etwas weniger Verkniffenheit begegnen. Während sie ihrem aufmerksamen Zuhörer einige ihrer besonderen Erlebnisse aus dem Praxisalltag erzählte, fühlte sie sich das erste Mal nicht mehr vom Schicksal betrogen. Stattdessen begann sie, sich bereits wieder auf die nächsten

Arbeitstage in der Allgemeinmedizinerpraxis zu freuen.

Als Ray jedoch anfing, von den Science-Fiction-Messen und -Conventions zu schwärmen, fühlte sich Sevy von ihm in eine andere Welt mitgenommen. Sie lauschte seinen Schilderungen von den verkleideten Gästen, den Shows und den Autogramm- sowie Fototerminen. Ray führte sie in ein spannendes Leben außerhalb der Arbeit.

»Das würde ich auch gerne einmal erleben«, stöhnte Sevy aus tiefstem Herzen. »Bisher fand ich es immer kindisch, sich mit Stars treffen zu wollen. Ich dachte, das wäre nur etwas für verliebte Teenies. Aber so, wie du mir das jetzt darstellst, ist es ein tolles Abenteuer in der Welt des Showbusiness.« Zu Sevys eigenem Erstaunen klang ihre Stimme begeistert, nahezu euphorisch.

Vielleicht war es doch nicht so tragisch, dass sie nicht ihren Traumberuf hatte erlernen können. Sie konnte mit ihrem Gehalt eine kleine, zweckmäßig eingerichtete Wohnung unterhalten und sich auch gelegentlich einmal etwas Besonderes leisten, wie vielleicht demnächst solch ein Messebesuch? In ihr kam plötzlich die Idee hoch, dass sie versuchen sollte, neue Ziele im Leben zu finden, anstatt dauernd ihrem ungewollten Schicksal Vorwürfe zu machen.

»Wie ich schon sagte, ist solch ein Abenteuer eher eine Spielerei«, bestätigte Ray. »Natürlich könnte man sich dieses Geld sparen und sich dann nach vielen Jahren Enthaltsamkeit eine Eigentumswohnung oder eine Harley Davidson kaufen. Aber ich bin der Meinung, dass man auch lebt, um sich zu freuen und nicht nur, um Pflichten zu erfüllen. Beides gehört zu einem ausgefüllten Leben dazu: die Arbeit und das Vergnügen.« Rays Augen glänzten in euphorischer Begeisterung. Sevy ahnte nicht, dass sie selbst Ray erst in diese Stimmung gebracht hatte.

Ray holte tief Luft und redete weiter: »Wer natürlich die Harley oder ein eigenes Heim haben möchte, der soll sich diesen Wunsch erfüllen. Nur mit Spaß am Leben bleibt man gesund und leistungsfähig, wobei es egal ist, woran man seine Freude hat.« Ray lallte bereits leicht, denn er hatte sich von dem ständigen Bierbestellungen anstecken lassen und schon sein zweites, großes Pils ausgetrunken.

Ray lachte laut auf. »Ich merke inzwischen, dass ich jetzt nur noch Wasser trinken sollte. Ich möchte dich noch viel mehr von meinem Leben begeistern, aber meine Zunge wird immer schwerer und mein Rededrang entsprechend stärker. Die Zeit mit dir verfliegt einfach viel zu schnell und das Bier offensichtlich auch.«

Sevy kicherte. Auch sie hatte schon ein großes Glas Bier fast ausgetrunken, fühlte sich ebenfalls angetrunken und nahezu leicht schwebend. Sie vertrug normalerweise keinen Alkohol. Aber an diesem Abend spürte sie seine Wirkung kaum. Ihr Hochgefühl schrieb sie eher der hypnotischen Gegenwart von Ray zu, als dem seltenen Genuss von alkoholischen Getränken.

Plötzlich zog Ray die Augenbrauen fragend hoch und holte tief Luft. »Die nächste Science-Fiction-Messe findet in ungefähr zwei Monaten statt. Lass uns doch gemeinsam dorthin gehen. Ich besorge dir das gleiche Ticket, das ich auch habe, und wir verbringen dort eine abenteuerliche Zeit zusammen. Ich zeige dir alles, was sehens- und erlebenswert ist. Was hältst du davon?«

Ein Teil in Sevy schrie begeistert »Ja!«, der andere schwankte noch voller Misstrauen. Sie konnte nicht glauben, dass es Ray tatsächlich ernst mit seinem verlockenden Angebot meinen könnte.

Ihre innere Zerrissenheit war wohl deutlich an ihrem Mienenspiel zu erkennen, denn Ray lachte laut auf. »Sevy, warum antwortest du nicht einfach mit »Okay, danke!«, anstatt dein Gesicht so schmerzhaft zu verziehen? Die Messe findet weder in einem Folterkeller noch bei einem Zahnarzt statt. Du hast also keine Schmerzen zu befürchten, wenn du mit mir dorthin gehst.« Zu allem Überfluss nahm Ray sie einfach in den Arm und flüsterte ins Ohr: »Oder hast du etwa Angst, dass ich dich dort verführen könnte?«

Sevy schrak zurück. »Ich denke nur, dass die Eintrittskarten doch ziemlich teuer sein müssten und...«

Ray unterbrach sie. »Ja, das sind sie vermutlich für dich. Aber ich verdiene mehr als du und kann es mir leisten, mir eine nette Begleitung zu finanzieren.« Er zwinkerte ihr zu.

Sevy schluckte. »Ich würde aber nur als Freundin mitkommen, nicht als gekaufte Begleitung.«

Ray lachte schallend auf. Er schien sich über ihre Antworten köstlich zu amüsieren. »Das ist doch eine klare Abmachung, Sevy. Ich merke schon, dass ich dich wohl erst herausfordern muss, um eine Zusage von dir zu erkämpfen. Aber mach dir keine Sorgen! Wir machen dort nichts, was du nicht auch willst. Einverstanden?«

Eigentlich wollte Sevy ihm sagen, dass sie es nicht wünschte, von ihm bei einer Entscheidung beeinflusst oder womöglich sogar herausgefordert zu werden, aber gedämpft durch den Alkoholkonsum und der Begeisterung für Ray nickte sie nur. Zu ihrem eigenen Ärger bemerkte sie, dass ihre Mundwinkel sich auf eine unkontrollierbare Weise zu einem Lächeln hochbewegten. Sie freute sich sehr auf die vielen gemeinsamen Stunden mit diesem faszinierenden Mann auf der Science-Fiction-Messe. Sevy war in diesem Zustand nicht mehr in der Lage, diese Vorfreude vor Ray zu verbergen. Also ließ sie ihre Mundwinkel tun, was immer sie wollten,

und grinste so eine Weile dümmlich vor sich
hin.

# KAPITEL 6

In der irischen Kneipe wurde es zunehmend lauter. Ein saurer Alkoholgeruch lag in der Luft. Die zum größten Teil schon stark angeheiterten Karnevalisten wankten und schunkelten zu der deutschsprachigen Karnevalsmusik, die fröhlich aus den Pubboxen drängte.

Ray beugte sich zu Sevy herunter und brüllte ihr ins Ohr: »So leid es mir tut, aber ich muss langsam unser amüsantes Gespräch beenden. Mein Job holt mich morgen leider schon früh wieder aus dem Bett.«

Sevy schaute ernüchtert auf ihre zarte, silberne Armbanduhr. Es war bereits kurz vor ein Uhr. »So spät schon?«, erschrak auch Sevy, während Ray seine und ihre Getränke des Abends bezahlte.

Jetzt endlich durfte Sevy ihn genau betrachten, ohne sich der Gefahr auszusetzen, dass er ihre begehrlichen Blicke entdeckte. Soviel sie trotz seiner dicken Make-up-Maske und seiner Lederkleidung entdecken konnte, schien er ein jungenhaftes, spitzbübisches Gesicht zu haben. Seine hellen blauen Augen schimmerten intelligent in der warmen Pubbeleuchtung. Rays hellhäutigen Hände wiesen lange sowie schmale Finger auf. Seine Bewegungen betörten durch selbstsichere Arroganz gepaart mit einer geradezu herzlichen Offenheit. Sevy musste unwillkürlich den Kopf schütteln. Dieser Mann, der mit seiner voller Gegensätze steckender Vollkommenheit nahezu jede Frau hätte erobern könne, sollte sich gerade mit ihr an diesem Abend prächtig unterhalten haben? Womöglich hatte er es gar nicht so ernst gemeint, als er Sevy zur Science-Fiction-Convention einlud. Vermutlich hielt ihre Freundin Marina sie schon für eine Närrin, die sich in einen offensichtlichen Frauenhelden verliebt hatte.

Sevys Blicke wanderten durch die Menge der sich dicht drängelnder und feiernder Karnevalisten. Ob Marina noch hier war oder sich vielleicht schon mit René zu Hause vergnügte?

Erleichterte entdeckte Sevy jedoch ihre Freundin, die zwar sehr eng mit René an einem hölzernen Bistrotisch stand, aber ihre Blicke genauso fasziniert an Ray geheftet hatte, wie Sevy zuvor. Könnte es wirklich sein, dass auch Marina besonderen Gefallen an Ray gefunden hatte? Vielleicht war sie aber nur interessiert daran, zu sehen, dass auch Sevy an diesem Karnevalstag Feuer für einen Mann gefangen hatte. Marina würde es garantiert nicht verborgen geblieben sein, dass Sevy sich verliebt hatte.

Der Blick von Marina wirkte jedoch nicht locker, nicht gelöst und auch nicht freudig oder interessiert. Er war auf eine merkwürdige Weise angespannt und verärgert. René schien Marinas Interesse für seinen Freund Ray nicht zu bemerken. Glücklich strich er ihr über ihr blondes, lockiges Haar. Warum war Marina nur so verärgert? Hatte René sie etwa zu sehr bedrängt? Doch Sevy schüttelte unmerklich den Kopf. Marina war leichtlebig und hatte es an diesem Tag, der Weiberfastnacht, von vornherein auf eine Affäre angelegt.

Plötzlich stand Ray wieder bei Sevy und wollte sich mit einer Umarmung von ihr verabschieden. Sevy rief ihm jedoch ins Ohr: »Ich muss auch gehen. Mein Arbeitgeber wird über verschlafene Sprechstundengehilfinnen nicht erfreut sein.« Es wurde immer lauter in dem irischen Pub, aber Ray hatte sie offensichtlich dennoch verstanden. Er nickte. Rays linke, warme Hand schloss sich um Sevys rechte Hand und er führte sie zielsicher durch die angetrunkene, feiernde Menge in dieser Kneipe.

Leider bemerkte Sevy die Blicke von Marina nicht mehr. Es waren kalte, vorwurfsvolle Blicke. Obwohl Marina offensichtlich mit René geflirtet hatte, galt ihre ganze Aufmerksamkeit tatsächlich Ray. Seine Dominanz und seine männliche Ausstrahlung wurden durch sein Kostüm an diesem Abend noch verstärkt. Marina hatte den ersten Augenkontakt zu Ray aufgenommen und hatte ihn in der absoluten Sicherheit zu Sevy gebracht, dass diese unscheinbare, pflichtbewusste Frau keine Konkurrenz für sie sein könnte. Marina hatte die beiden an diesem Abend kaum aus den Augen gelassen und es war offensichtlich, dass sich Sevy und Ray sehr gut verstanden hatten. Marina fühlte jedoch auch schmerzhaft, dass sie sich in Ray verliebt hatte und sie daher stechende Eifersucht quälte. Ihre beste Freundin Sevy war nun zu ihrer härtesten

Konkurrentin geworden. Für Marina stand inzwischen unumstößlich fest, dass sie diesen Mann unbedingt haben wollte - koste es, was es wolle.

## KAPITEL 7

Als Ray und Sevy den irischen Pub verlassen hatten und mit einem tiefen Durchatmen vor der Kneipe die kühle Abendluft genossen, räusperte sich Ray. »Sevy, ich bin froh, dass du jetzt auch nach Hause gehen willst. Je später der Abend an Weiberfastnacht, umso unberechenbar werden manche Menschen.«

Sevy musste lachen. »Es war ein schöner Abend bis jetzt. Morgen sollte ich aber wieder halbwegs ausgeschlafen sein. Ich glaube, mein Chef hätte vermutlich kein Verständnis dafür, wenn ich einem Patienten aus Müdigkeit falsche Tabletten auf das Rezept schreibe.«

»Ich bin zwar ohne Auto hier, zumal ich in der Nähe wohne und wusste, dass ich Alkohol trinken würde. Aber ich bringe dich gerne nach Hause, egal, wie lange es dauert oder wie weit es weg ist.« Ray strich Sevy sanft über die Wange. Sie faszinierte ihn. Ihre Ernsthaftigkeit, ihre attraktive, zarte Gestalt und ihre manchmal verlegene Art fesselten seine Aufmerksamkeit und sein Herz auf eine Weise, der er sich nicht widersetzen konnte. Das erste Mal in seinem Leben bedauerte er, den Beruf als Vertriebsmanager ergriffen zu haben. Ray konnte nur noch hoffen, dass Sevy bereit war, sich auch auf eine Beziehung mit einem Mann einzulassen, der mehr das Ausland als sie besuchen würde.

Bevor Sevy überhaupt antworten konnte, küsste Ray ihre schmalen rosafarbenen Lippen. Sie wirkten so unberührt, so unschuldig und so rein. Sevy, die durch den ungewohnten Alkoholkonsum schon ziemlich benebelt war, brauchte ein paar Sekunden, ehe sie sich im Klaren darüber wurde, dass dies alles tatsächlich geschah. Es kribbelte auf ihren Lippen, als Ray sich wieder löste und auch ihr Herz machte einen glücklichen Sprung.

Seine Lippen waren weich und männlich rau gewesen. Wie sehr wünschte sie sich, er würde sie an anderen Körperstellen genauso fordernd berühren. Aber war sie wirklich bereit, sich schon am ersten Abend mit einem Mann einzulassen, auch wenn sie sich offensichtlich in ihn verliebt hatte? Oder war es nur die Angst, dass er wie ein traumhaft schöner Schmetterling genauso schnell an ihr vorbeifliegen würde, wie er auf sie zugeflogen war? Diesen attraktiven Mann würde sie als unscheinbare Arzthelferin nicht halten können, das war ihr klar.

»Wenn du sehr weit entfernt wohnst, könnte ich uns auch ein Taxi holen«, bot ihr Ray an.

Mühsam rang Sevy nach Worten. »Nein, nein, ich brauche zu Fuß nur eine Viertelstunde.«

»Perfekt«, Ray grinste.

Er legte den Arm um Sevy, als seien sie bereits ein Liebespaar. Sie schaffte es einfach nicht, sich dagegen zu wehren. Stattdessen legte auch sie den Arm um ihn.

»In welche Richtung geht es nach Hause?«, frage Ray nach, nachdem Sevy noch immer nichts erwidert hatte.

»Wir müssen erst links die Straße entlang, die nächste Straße rechts und dann die vierte Straße links. In dem dritten Haus wohne ich.« Dunkel erinnerte sich Sevy daran, dass sie einem nahezu fremden Mann niemals ihre Adresse verraten sollte und schon gar nicht einen maskierten Fremden mit nach Hause nehmen durfte. Sie war jedoch inzwischen zu benebelt und zu verliebt, um noch auf solche verstandesmäßig sinnvollen Ratschläge achten zu wollen oder zu können.

## KAPITEL 8

Schweigend gingen sie Arm in Arm die Straße herunter. Als sie um die erste Ecke gebogen waren, legte Ray liebevoll seinen Kopf auf ihren. »Du bist eine ganz besondere Frau«, flüsterte er ihr leise ins Ohr.

»Wie vielen Frauen hast du das schon an Weiberfastnacht gesagt?«, teilte Sevy ihm ihre Gedanken laut mit.

»Ich kann mich nicht erinnern, so etwas jemals zu einer anderen Frau gesagt zu haben«, antwortete Ray nach ein paar Minuten, in denen er zu überlegen schien.

Sevy freute sich, das zu hören, auch wenn sie es nicht glauben wollte. Die Straßenlichter tanzten in dem kühlen Wind. Ihre Augen konnten die hellen Flecken kaum noch klar erkennen. Der Alkoholgehalt des Bieres stieg ihr in den Kopf und daneben machte sich eine andere Droge breit - die Liebe. Beides vernebelte ihren Verstand und ihre klare Sicht. Sevy spürte Rays Kopf, der noch immer sanft an dem ihren angelehnt war, als sie langsam die Straße heruntergingen. Sie spürte sein kräftiges Ein- und Ausatmen. Rays Finger hielten sie an der Schulter fest. Täuschte Sevy sich oder waren sie ein wenig tiefer gerutscht und streichelten sie sanft ihren Rücken? Ein wohliges Schaudern durchfuhr Sevy. Es war wunderschön, mit Ray so durch die nahezu leeren winterlichen Straßen zu laufen.

Viel zu früh für Sevy erreichten sie ihr Wohnhaus. Sie wollte Ray noch nicht loslassen oder sich von ihm verabschieden, ohne zu wissen, ob sie ihn jemals wiedererkennen würde.

Er schien dies zu bemerken und lachte nochmals auf: »Wenn du mich noch nicht nach Hause schicken willst, könnte ich noch einen Kaffee bei dir trinken. Ich liebe Espresso, aber ich mag auch jeden anderen Kaffee. Das bringt wohl mein Job mit sich«, deutete er vorsichtig an.

»Mit Espresso kann ich dienen. Ich brauche ihn auch jeden Morgen, um munter zu werden. Heiß, schwarz und stark. Genau, wie ich mir die Männer wünsche«, rutschte es Sevy unüberlegt heraus, während sie die Haustür ein wenig ungeschickt öffnete. Sie wusste nicht, ob es an ihrem angeheiterten Zustand oder ihre Nervosität bei Rays Anwesenheit lag, dass sie zitterte.

»Schwarz wie ein Mann?«, fragte Ray lachend nach. »Dann würdest du einen Schornsteinfeger einem Vertriebsleiter wohl ganz klar vorziehen?«

Verlegen lachte auch Sevy. »Na ja, ich meinte eher so natürlich und leidenschaftlich.«

Gerade hatte sie die Wohnungstür aufgeschlossen, schon nahm Ray sie in den Arm. »Natürlich, stark und heiß?«, flüsterte er ihr ins Ohr und seine Stimme überschlug sich.

In Sevy loderte plötzlich das Feuer auf, das Ray an diesem Abend beständig geschürt hatte. Ihre Haut begann, zu kribbeln. Ihr Herz schlug so laut, dass sie befürchtete, dass Ray das Klopfen hören oder zumindest spüren können musste.

Er hob sie hoch und fragte leise: »Wo ist dein Schlafzimmer?«

Sevy deutete auf das erste Zimmer rechts von der Diele. Ray schaute sie sanft an. Seine hellblauen Augen leuchteten warm und liebevoll. Energisch öffnete er die Zimmertür und legte sie rücklings auf das große französische Bett. Alle Zweifel in Sevy bezüglich der Unmoralität eines One-Night-Stands waren wie weggeblasen.

»Ich weiß, ich bin noch als Außerirdischer geschminkt - ist das in Ordnung für dich? Ich könnte mich auch vorher duschen«, bot Ray leise an.

Obwohl der Vorschlag, ihn ohne Maske sehen zu können, einen Moment verführerisch klang, lehnte sie ab. Sevy wollte nicht noch länger auf ihn warten »Du bist, wie du bist. Da spielt das Aussehen keine Rolle«, brachte Sevy mehr stöhnend als klar heraus. Sie zitterte, als sie bemerkte, dass sein Gesicht sich wieder ihrem näherte. Sie sehnte sich seinem Kuss entgegen - der Nähe mit ihm, seinem Körper. Sie wollte ihn erkunden, wie sie es mit einem besonderen unbekannten Wesen machen würde. Ray war so attraktiv, dominant, selbstbewusst und zudem auch liebevoll und verletzlich. Dieses Wesen, das gerade mit ihr im Bett lag, konnte tatsächlich nur ein Außerirdischer sein.

Ray küsste sie erst liebevoll, dann fordernder. Seine Zunge öffnete erkundend ihre Lippen. Sie erzitterte. Sevy konnte ihm nicht widerstehen. Sie hätte nie gedacht, sich schon in der ersten Nacht mit einem Mann einzulassen, aber etwas in ihr war sich sicher, dass Ray der Traummann war, auf den sie ihr Leben lang gewartet hatte.

»Ich will dich besitzen«, flüsterte Ray ihr atemlos ins Ohr. »Was immer du dafür forderst. Ich werde es dir erfüllen.«

Sevy erschrak, als sie sich sagen hörte: »Bitte, schlaf mit mir.«

Ray nickte weich lächelnd. Ungeduldig zog er ihr das T-Shirt über den Kopf. Er küsste ihren Hals und ihr Dekolletee, bevor er geschickt ihren Büstenhalter öffnete. Leichte Eifersucht durchströmte Sevy. Er schien tatsächlich mit dem System des Verschlusses von weiblichen Büstenhaltern erfahren zu sein. Sevy befürchtete, dass ihre Zeiten voll dunklem Schmerz bevorstehen würden, wenn sie im nüchternen Zustand erkennen würde, einem Frauenhelden in die Falle gelaufen zu sein. Dennoch konnte sie ihm jetzt nicht mehr widerstehen. Sein geschmeidiger Körper, seine rauen Lippen, seine Leidenschaft und sein Verlangen raubten Sevy den Atem.

Ray zog sich ebenfalls in einer sagenhaften Geschwindigkeit bis auf die schmale, schwarze

Unterhose aus. Sevy berührte ihn langsam und sanft, wie einen wertvollen Kunstgegenstand.

Ray öffnete nun ihren Hosenknopf und zog ihr die Hose über die Beine. Während er danach ihre Arme über ihrem Kopf festhielt, betrachtete er sie mit seinem warmen, liebevollen Gesichtsausdruck, den Sevy jedes Mal erschauern ließ. Seine Augen hatte die warme Farbe von einem karibischen Meer, in dem die Wellen mit ungeheurer Macht an das beige Ufer geschwemmt wurden.

»Du bist fantastisch!«, flüsterte Ray.
Sevy begann nun, zu zittern.
Mit einem Ruck riss er ihren Schlüpfer an sich, sodass er zerriss.
Sevy stöhnte lustvoll auf. Sie wurde nun von Rays karibischem Meer getragen. In Sevys Inneren hatte sich eine tobende Welle gebildet, die sich unaufhörlich dem erlösenden Strand näherte. Es waren nur noch ein paar Meter, dann wäre sie am Ziel ihres Verlangens.
Rays Gesichtsausdruck wechselte von warmherzig bis zu arrogant, von jungenhaft bis zu brutal fordernd. Er schaute sie nur an und ließ ihre Lust durch sein Mimikspiel ins Unermessliche steigen.

Plötzlich holte Ray tief Luft und Sevy hoffte nun auf die langersehnte, umfassende Nähe zu ihm - da schellte ihre Wohnungsklingel.

## KAPITEL 9

Sevy brauchte einen Moment, um zu sich zu kommen. Dann sprang sie jedoch instinktiv auf und ergriff ihren rosafarbenen Satinmorgenrock.

»Komm bitte ganz bald wieder. Ich vermisse dich schon jetzt«, sagte Ray, während sich seine Stimme überschlug. Seine Augen glänzten fiebrig.

Sevy lächelte und hastete zu der Wohnungstür. Sie öffnete sie verwirrt und sah Marina dort stehen. Sevy erschrak. Marina atmete schwer. Ihre lockigen Haare standen wirr in alle Richtungen von ihrem Kopf ab. Marina schaute sich dauernd ängstlich um.

»Was ist los?«, fragte Sevy durcheinander.

»René wollte...«, Marina brach in Tränen aus.

»Komm doch rein. Was ist passiert?«, fragte Sevy plötzlich völlig ernüchtert.

»René wollte mir Gewalt antun. Ich konnte mich gerade noch zu dir retten. Was war ich froh, dass deine Haustür offenstand«, stammelte Marina unter Tränen.

»Das kann ich nicht glauben!« Ray stand in dem Türrahmen des Schlafzimmers. Er hatte nur seine Unterhose an und stemmte den linken Arm am Türrahmen ab. Sevy blieb die Luft weg, als sie ihn dort erblickte. Ray strahlte in jeder Situation eine betörende Männlichkeit aus. Seine Schminke im Gesicht war ein wenig verwischt, was ihm zudem noch einen starken, kämpferischen Ausdruck verlieh.

Marina stürzte auf ihn zu, ungeachtet dessen, dass er an ihrer Aussage zweifelte, und umarmte ihn in seinem nahezu unbekleideten Zustand. »Ray, kannst du mich nach Hause begleiten? Ich habe solche Angst, dass René mir gefolgt ist. Er wollte mich bedrängen, dass ich mit ihm schlafe. Aber so eine Frau bin ich nicht. Dann wurde er immer fordernder, bis ich zum Glück weglaufen konnte. Bitte, Ray, beschütze mich. Ich weiß sonst nicht, was ich machen soll.«

Ray schüttelte sie nicht ab, aber machte auch keine Anstalten, sie ebenfalls zu umarmen. »Ich kenne René schon seit der Grundschule. Er hat noch nie ein Mädchen oder eine Frau bedrängt. Er ist eher der schüchterne Typ, auch wenn er den ganzen Abend ohne Pause reden kann. Da hast du vermutlich irgendetwas falsch verstanden.«

Marina schluchzte auf. »Bitte, Ray, wenn du wirklich Renés Freund bist, verhinderst du, dass etwas passiert, das mir oder ihm schaden könnte. Vermutlich haben die vielen Biere deinen Freund unbeherrschter gemacht. Bitte, bitte, Ray, bring mich nach Hause. Ich habe solche Angst.«

Ray stöhnte genervt auf und verdrehte die Augen. »Marina, muss das denn wirklich sein? René wird dir garantiert nichts antun. Dafür lege ich meine Hand ins Feuer.« Er schaute nun Sevy fragend an.

Sevy blickte zu der weinenden, verzweifelt wirkenden Marina herüber, die sich noch immer an Rays nackte Brust drückte. Sie vertraute Ray, dass er seinen Freund kannte. Aber sie glaubte auch Marina, dass sie Angst hatte. So gerne Sevy sich die Nähe zu Ray im Moment auch wünschte, so unmöglich war es ihr, ihre Freundin in ihrer Angst im Stich lassen.

Sevy schluckte. »Ray, es tut mir leid. Vielleicht wäre es tatsächlich für René und Marina besser, du würdest sie nach Hause begleiten.«

»Wenn es wirklich dein Wunsch ist, Sevy, tue ich das.« Rays Stimme klang kalt und enttäuscht.

»Ich...«, doch Sevy brachte ihren Satz nicht zu Ende. Was sollte sie sagen? Dass es ihr entsetzlich leidtäte? Dass sie ihn liebte und sich nichts mehr wünschte, als dass Marina heute Abend nicht gestört hätte? Die Chance war vertan und es war nicht mehr zu ändern.

Ray verschwand im Schlafzimmer und kam nur ein paar Minuten später vollständig bekleidet wieder hinaus.

Wortlos und ohne Abschiedsgruß folgte er Marina, die schon im Hausflur stand. Er nahm Sevys Herz mit, aber sie wusste nicht, was sie dagegen hätte tun können.

Sehr verwirrt und mit ihren heftigen Gefühlen kämpfend, ging Sevy kurze Zeit später ins Bett. Das Bettlaken war noch verknittert. Traurig legte sie sich darauf und roch Rays Schminke und sein herbes Aftershave. Er war ihr noch vor einer halben Stunde so nahe gewesen. Würde sie irgendwann wieder in seinen Armen liegen oder war ihr Traummann nun für immer verschwunden? Jetzt erst fiel Sevy auf, dass sie weder den Nachnamen von Ray noch seine Anschrift oder Telefonnummer kannte. Nun lag es tatsächlich nur noch in seiner Entscheidung, ob er Kontakt zu ihr wünschte. Sevy konnte ihm nicht mehr mitteilen, dass sie tiefe Gefühle für ihn hatte und es keinesfalls nur auf eine amüsante Affäre zu Weiberfastnacht angelegt hatte.

## KAPITEL 10

Obwohl Sevy die ganze Nacht nicht hatte schlafen können, erschien sie pflichtbewusst wie an jedem Werktag kurz vor den Sprechzeiten in der Praxis ihres Arbeitgebers Herrn Dr. Reuter. Marina hatte sich wie immer verspätet und war noch nicht da. Sevy hoffte, dass ihre Freundin den letzten Abend mit ihren negativen Erfahrungen möglichst unbeschadet überstanden hatte.

Als Sevy gerade die Praxistür für die Patienten aufgeschlossen hatte, stürmte Marina freudestrahlend herein. »Guten Morgen, Sevy. Es tut mir leid, aber ich habe beim Frühstück mit Ray die Zeit vergessen. Der Mann ist der Hammer!«

Sevy erschrak. »Frühstück mit Ray?«, fragte sie nur leise nach, da auch schon die ersten Patienten die Praxis betraten. Marina grinste sie an, antwortete aber nicht. Sevy nahm wie ferngesteuert die Daten der Patienten an der Anmeldung entgegen und brachte es sogar fertig, sie freundlich anzulächeln, während Marina in ihrem privaten Zimmer den Kittel anzog und ihre Tasche in den Spind schloss.

Als Marina dann endlich ebenfalls hinter der Theke Platz genommen hatte, wusste Sevy inzwischen genau, dass sie keine Einzelheiten von dem letzten Abend hören wollte. Aber da hatte sie ihren Entschluss ohne ihre durchtriebene Freundin getroffen.

»Ray sieht im ungeschminkten, natürlichen Zustand noch attraktiver aus. Er hat sich heute Morgen bei mir geduscht und dann konnte ich auch sein ungeschminktes Gesicht sehen. Ray ist unglaublich süß. Dennoch verhielt er sich dominant und wusste genau, was er wollte.« Marina zwinkerte Sevy vielsagend zu.

»Das scheint mir allerdings nicht so«, reagierte Sevy ablehnend, während sie die Patientenkarteikarten für den heutigen Tag sortierte. Erst war er gestern mit ihr im Bett gewesen, dann mit ihrer Freundin. »Nun ja, vielleicht wusste er, was er im Bett wollte, aber nicht, welche Frau er sich dafür wünschte«, ergänzte sie verletzt.

»Mit deiner Beurteilung von Ray irrst du dich. Er ist enorm zielstrebig und beruflich als Vertriebsleiter äußerst erfolgreich. Er kann unheimlich gut mit Menschen umgehen«, Marina schwärmte sichtlich verliebt von ihm.

»Wenn du meinst...« Sevy hoffte nur noch, dass Marina das Gespräch über Ray nicht noch vertiefen würde.

»Er sagte noch heute Morgen, dass er mich unbedingt wiedersehen will«, setzte Marina noch einen drauf.

Nun drehte sich Sevy verärgert um. »Wir sind hier, um zu arbeiten. Im Wartezimmer sind schon vier Patienten und der Doktor wird auch jeden Moment hier sein. Könntest du vielleicht schon mal die Computer in den zwei Sprechzimmern hochfahren?«

Marina schaute Sevy schuldbewusst an, nickte dann und ging mit einem betont schwingenden Schritt zu dem ersten Behandlungszimmer. Grinsend schaltete sie den Computer an und öffnete das medizinische Programm. Ihr Plan hatte funktioniert. Sevy hatte ihr die Lügengeschichte mit der Liebesnacht zwischen ihr und Ray abgekauft. Da ihre Freundin hohe Moralansprüche an eine Beziehung stellte, würde Sevy Ray wohl jetzt aus dem Wege gehen. Wenn Ray erst merkte, dass Sevy nicht mehr an ihm interessiert war, war der Weg für sie bei ihm offen. Marina musste nur ein wenig Geduld haben und zudem dafür sorgen, dass sich die beiden nicht doch noch aussprechen konnten.

## KAPITEL 11

Auch Ray war an diesem Freitagmorgen sehr früh aufgestanden. Er war müde und bedrückt. Die Ereignisse des letzten Tages wirkten noch in ihm nach. Warum nur war gestern alles aus dem Ruder gelaufen?

Normalerweise war sein erster Gang morgens unter die Dusche. An diesem Tag jedoch brühte er sich als Erstes einen starken Espresso auf und ließ sich auf den Küchenstuhl sinken. Sevy spukte ihm unaufhörlich durch seine Gedanken. Ray nahm einen tiefen Schluck des heißen Kaffees, verschluckte sich prompt daran und hustete. Trotz seiner Müdigkeit musste er grinsen. Es schien tatsächlich heute so verworren weitergehen zu wollen, wie der Weiberfastnachtsabend des Vortrages geendet hatte. Wie hatte sein Freund René immer so schön gesagt: »Frauen leben in Parallelwelten, die du nie verstehen wirst.«

Warum nur hatte er sich nicht geweigert, Marina nach Hause zu bringen? Sie schien zwar Sevys beste Freundin zu sein, aber letztlich war er für sie nicht zuständig. Verdammt, er hätte Marina ein Taxi bestellen sollen, aber auf diese Idee war er in seiner Verärgerung am gestrigen Abend nicht gekommen.

Also hatte er trottelig folgsam die grundlos verängstigte Freundin begleitet, anstatt sich mit seiner Traumfrau Sevy einen schönen restlichen Abend zu machen. Nein, er hatte Sevy nicht nur für diesen Abend gewollt. Er wollte fest mit ihr zusammen sein. Doch dann war es am gestrigen Abend so völlig anders gekommen.

Als Ray auf dem Weg Marina schweigend und schlecht gelaunt hatte zuhören müssen, wie sie ihm mit einem piepsig weiblichen Ton von den Bedrängungsversuchen seines Freundes erzählte, war er froh, als sie vor ihrer Haustür gestanden hatten. Ray hatte es für unmöglich gehalten, dass sein anständiger Freund sie in irgendeiner Weise belästigt haben könnte. Er hatte ihn jedoch am kommenden Tag dazu anrufen wollen und wenn es auch nur als Warnung vor derartigen Problemen und Frauen war.

»Du bringst mich doch sicher noch in die Wohnung, damit René nicht womöglich noch im Hausflur auf mich wartet?«, hatte Marina mit unschuldig aufgerissenen Augen gebettelt.

Ray hatte geknurrt, aber dennoch genickt. Jetzt war es auf diese paar Minuten auch nicht mehr angekommen.

Marina hatte gestrahlt. Nach Erleichterung hatte ihre Freude eher weniger ausgesehen. Sie hatte ihre Erdgeschosswohnungstür aufgeschlossen und war daraufhin wortlos hineingegangen.

»Ray, ich habe eine gute Auswahl von Weinen hier. Ich kann dir aber auch einen Kaffee, Tee oder Limonade anbieten.« Ohne Rays Antwort abzuwarten, war sie schon in einen Raum, der links vom kleinen, quadratischen Flur abging, verschwunden.

»Nein, ich werde nichts mehr trinken. Da du jetzt wohlbehalten zu Hause angekommen bist, kann ich wieder gehen.« Ray hatte sich erleichtert umgedreht.

»Bleib doch noch ein paar Minuten.« Marina hatte ihn an der Hand festgehalten. »Es wäre unhöflich, dich jetzt einfach gehen zu lassen.«

»Marina, ich bin wirklich sehr müde«.

Ehe er sich versehen hatte, hatte sich Marina jedoch bereits an seinen Hals gehangen und ihn geküsst. Er hatte sie leicht von sich weggestoßen, aber sie hatte ihn zielstrebig in ihre Wohnung gezogen. Mit einer atemberaubenden Geschwindigkeit hatte sich Marina daraufhin ausgezogen und hatte nun nackt und verführerisch lächelnd vor ihm gestanden.

»Ich werde dir heute alles geben, was du willst«, hatte Marina gesäuselt. »Du musst nur den Mut haben, zuzugreifen, Ray.« Sie hatte offensichtlich seine Männlichkeit herausfordern wollen.

Ray hatte sich völlig überrumpelt gefühlt. Er hatte sich gewünscht, dass Sevy vor ihm gestanden hätte, aber sie war es leider nicht gewesen. Es hätte auch keinen Sinn mehr an diesem Abend gehabt, zu Sevy zurückzukehren. Der Zauber war gebrochen worden und er müsste auf eine andere Gelegenheit warten - wenn es je ein solche mit Sevy geben würde. In diesem Moment jedoch hatte Marina vor ihm gestanden und auf seine Reaktion gewartet. Sie war durchaus attraktiv und vor allem oberflächlich genug, dass er ihr keine falsche Liebe hätte vorspielen müssen.

»Worauf wartest du noch, Ray? Das bleibt unser Geheimnis, zudem ich gar nicht weiß, wie du wirklich aussiehst. Also keine Verpflichtungen - nur Spaß«, hatte Marina ihn gelockt.

Ray war aufgewühlt gewesen. Er hatte sich eine Frau in dieser Nacht gewünscht, aber nur eine spezielle Frau, nämlich Sevy.

»Marina, nimm es bitte nicht persönlich. Du siehst anziehend aus und ein anderer Mann würde garantiert nicht zögern. Ich kann es aber nicht.«

»Warum denn nicht?« Marina war hartnäckig geblieben.

»Ich habe mich in deine Freundin Sevy verliebt. Du verstehst sicher, dass ich unter diesen Umständen dein Angebot nicht annehmen kann.« Ray war einen Schritt zurückgetreten. Es hatte ihm leidgetan, Marina durch seine Rückweisung verletzen zu müssen.

»Von mir wird sie nichts erfahren«, hatte Marina geflüstert und ihre rechte Hand war an seinem Hemd abwärts gewandert.

Doch langsam war Ray ärgerlich geworden. »Du fühltest dich vor einer Stunde noch von

René bedrängt. Bitte mache nicht dasselbe mit mir, sondern lass mich jetzt gehen.«

»Ja, ich weiß, dass echte Männer immer zu ihren Freunden stehen. Du musst keine Angst haben, Ray, ich werde René nicht anzeigen und auch keinem anderen von seinen Annäherungsversuchen erzählen. Wenn du willst, werde ich ihn gar nicht mehr erwähnen.«

Ray hatte jedoch den Kopf geschüttelt. »Es tut mir leid«, sagte er noch einmal, bevor er fluchtartig ihre Wohnung verlassen hatte.

Danach war Ray tatsächlich noch einmal zu Sevys Haus zurückgegangen. Am liebsten hätte er nochmal bei ihr angeschellt und dort weitergemacht, wo sie von ihrer Freundin gestört worden waren. Wenn er an sie dachte, spürte er ein Klopfen in seiner Brust und ein schmerzhaftes Gefühl, Sevy jetzt schon zu vermissen. Konnte es wirklich sein, dass er sich an einem einzigen Abend so heftig in Sevy verliebt hatte - in ihre ehrlichen, braunen Augen, ihre mädchenhaft verletzliche Figur und ihre kindliche Freude, wenn er ihr Dinge zeigen wollte, die Spaß machen?

Nur leider war er sich nicht sicher, was Sevy für ihn empfand. Sie schien keine Frau zu sein, die leichtsinnig und oberflächlich eine Nacht mit einem Mann verbrachte. Oder täuschte ihn hier sein Gefühl? Sie hatte ihn weggeschickt, um ihre Freundin nach Hause zu begleiten, als sie gerade zusammen im Bett waren. Sevy hatte ihn noch nicht einmal gebeten, danach wieder zu ihr zu kommen. Hatte womöglich nur ihr Alkoholkonsum sie dazu gebracht, ihn bereitwillig in ihr Bett zu lassen und war sie dann froh, dass ihre Freundin sie aus der Sache wieder herausgeholt hatte? Verdammt, Sevy war eine der wenigen Frauen, die er einfach nicht einschätzen konnte.

Nach dem letzten Schluck des heißen Espressos in seiner Küche stand Ray auf und stellte sich unter die kalte Dusche. Nachdem er sich rasiert hatte, nahm er die Toilettentasche aus dem Schrank, füllte sie mit seiner Zahnbürste, seinem Rasierapparat, einer Haarbürste und dem Aftershave. Danach warf er sie achtlos in seinen teuren Flugkoffer.

Nun musste er auch noch als Vertriebsleiter drei Wochen in Tokio verbringen, in der japanischen Niederlassung der Firma, bei der er angestellt war. Ein großer Auftrag musste abgewickelt werden und es gab sehr viele Beteiligte, mit denen die Konditionen zu verhandeln waren.

Ray wollte jedoch nicht drei Wochen ohne jeglichen Kontakt zu Sevy verstreichen lassen. Fieberhaft suchte er während seines zweiten Espressos im Internet nach einer Telefonnummer von Sevy, aber es befand sich kein Eintrag im Telefonbuch. Dann würde er ihr schreiben müssen. Ihre Anschrift war ihm bekannt. Ein knapper Monat war eine zu lange Wartezeit, falls Sevy vielleicht doch an einer Beziehung mit ihm interessiert wäre. Sie war es Wert, dass er sich um sie bemühte und wenn ihm das auch erst einmal nur brieflich möglich war. Aber vermutlich sollte er ihr ein paar Tage Zeit lassen, um sich darüber klar zu werden, was sie wollte? Schon wenige Tage ohne Kontakt zu ihr erschienen ihm plötzlich wie eine Ewigkeit, aber ein Bedrängen hatte bei Frauen zumeist eher einen gegenteiligen Effekt. Er musste sich in Geduld üben, wenn er eine Chance bei Sevy haben wollte.

Während Ray halbherzig seine restlichen Kleidungsstücke in dem Koffer verstaute, waren seine Gedanken nicht wie sonst bei den bevorstehenden Verhandlungen, sondern bei Sevy.

## KAPITEL 12

Schon am Abend tat es Sevy leid, dass sie an diesem Tage zu ihrer Freundin Marina so unwirsch gewesen war. Letztlich war es Ray gewesen, der sie betrogen hatte. Marina schien sich ebenfalls in ihn verliebt zu haben und konnte nicht ahnen, dass es Sevy genauso ging. Aber hatte Ray sie überhaupt betrogen? Es war nie von Beziehung und der damit verbundenen Treue die Rede gewesen und sie selbst hatte Ray mit ihrer Freundin mitgeschickt. Vermutlich hatte es dieser attraktive Mann nur auf eine heiße Nacht an diesem dafür bekannten Karnevalstag angelegt und vergnügte sich dann eben mit ihrer Freundin. Sevy hatte wieder einmal die Worte eines Mannes zu ernst genommen und zu viel dahinter vermutet. Es tat ihr weh, sich das einzugestehen. Dennoch würde sie mit Ray abschließen müssen.

Als Marina ein paar Tage später mit gespielten nassen Augen in der Mittagspause im privaten Raum der Praxis erzählte, dass Ray sich bei ihr doch nicht mehr gemeldet hätte, nahm Sevy sie voll ehrlichem Mitleid in den Arm.

»Vermutlich wollte er nur eine Frau für eine Nacht«, versuchte Sevy sie zu trösten, obwohl sie selbst wusste, dass dieser Trost nicht wirklich einer war. Auch sie träumte noch jede Nacht von Ray und bekam ihn auch tagsüber nicht aus ihrem Sinn. Sevy fragte sich selbst jeden Tag, warum sie einem fremden Mann, mit dem sie an Weiberfastnacht nur ein paar interessante Sätze gewechselt hatte, sofort vertraut hatte. Eigentlich sollte sie sogar froh sein, dass ihr nichts Schlimmeres passiert war. Dennoch konnte Sevy noch immer nicht wirklich fühlen, dass sie sich in Ray getäuscht hatte. Er musste ein extrem guter Schwindler sein, dass sie nach alldem immer noch Liebeskummer und keine Wut verspürte.

»Ray hat mir gesagt, dass er mich liebt und mit mir zusammen sein will. Vielleicht hätte ich es besser wissen und ihm nicht gleich vertrauen sollen.« Marina sprach das aus, was Sevy dachte.

Marina putzte sich die Nase und schaute Sevy an. »Du hattest richtig Glück, dass er mich nach Hause gebracht hat und dir nicht auch noch mit falschen Versprechungen das Herz brach. Vielleicht kam meine Gutgläubigkeit ihm gegenüber auch nur von der Dankbarkeit, dass er mich beschützt hatte, als ich mich voller Angst vor René nicht alleine nach Hause traute.«

Sevy schaute auf. Marina, die sonst ihre Erlebnisse immer sofort und ausführlich mitteilte, hatte bisher noch kein Wort über René und seine Aufdringlichkeit verloren. Sevy wunderte sich darüber, wollte aber nicht näher nachfragen. Vielleicht war das Schweigen Marinas Art, um mit solch einer schlechten Erfahrung zurechtzukommen.

Zudem fand es Sevy beruhigend, dass Marina nicht mitbekommen hatte, dass auch sie ihr Herz an diesen Schwindler verloren hatte. Es würde besser sein, wenn ihre Freundin davon nichts ahnte und sie so versuchen konnte, ohne schmerzhafte Rückfragen ihr Leben ohne ihn weiterzuleben.

»Eine Bitte hätte ich aber noch an dich«, Marina schaute Sevy mit großen bittenden Augen an.

»Ja?« Sevy schluckte. Was würde jetzt kommen?

»Wenn du von Ray nochmal etwas hören oder ihn sehen solltest, würdest du mir dann bitte Bescheid sagen?«

»Warum möchtest du das denn wissen? Er hat uns beide betrogen und wir sollten ihn endgültig aus unseren Gedanken streichen.« Sevy sprach mehr zu sich als zu ihrer Freundin.

So entging ihr auch das kurze zufriedene Lächeln auf Marinas Gesicht, bevor sie wieder zu schluchzen anfing. »Ich würde ihm gerne noch meine Meinung sagen.«

»Was würde dir das denn bringen?«, fragte Sevy verwirrt. »Du glaubst doch nicht, dass er sich deine Vorwürfe wirklich anhört.«

»Nein, Ray ändert sich nicht. Dann könnte ich dieses Erlebnis aber besser abschließen, verstehst du?«

Sevy schüttelte den Kopf. »Ich möchte ihn lieber nicht mehr wiedersehen.« Doch noch, während sie dies sagte, schrie ihr Herz vor Verlangen nach ihm.

»Umso früher ich das erledigt habe, desto schneller ist mein Herz wieder frei«, erklärte Marina und fragte dann vorsichtig an: »Hast du vielleicht seine Anschrift oder kennst seinen Nachnamen?«

Sevy schüttelte erneut den Kopf. »Leider nicht«, rutschte es ihr heraus.

Marina schaute sie erstaunt an. Offensichtlich hatte auch Sevy ihn noch nicht endgültig aus ihren Herzen verbannt. Dann musste sie sich wohl noch etwas anderes einfallen lassen, um ihre Freundin endgültig von Ray abzubringen.

Sevy ahnte jedoch nicht, dass Marina diesen Mann unbedingt wollte, was auch immer sie dafür tun müsste.

## KAPITEL 13

Das nächste Wochenende empfand Sevy als ein Gang durch die Hölle. Sie schämte sich, dass ein ihr im Grunde völlig fremder Mann sie dazu brachte, ihr Leben neu zu überdenken. Sie hatte sich auf den ersten Blick in Ray verliebt, hatte ihn jedoch nicht bekommen. Sie spürte allerdings noch immer die Kraft, die von Ray ausging. Dieser Mann war nicht der letzte oder einzige starke, attraktive Mann auf dieser Welt. So wie die Stelle als medizinische Fachkraft nicht die letzte Stufe ihrer Karriere sein musste. Vielleicht sollte sie die Kraft, die ihr dieser Mann unwissentlich gegeben hatte, nutzen, um ihr Leben aktiv zu gestalten? Wie wäre es mit einem Abendgymnasium, anstatt über ihre verpassten Chancen im Leben zu jammern? Für ein Studium war sie mit 32 Jahren schon ziemlich alt. Dennoch war es nicht völlig unmöglich, sich den Traum vom Medizinstudium noch zu erfüllen - aber erst eins nach dem anderen. Voller Enthusiasmus suchte sich Sevy im Internet ein Abendgymnasium in ihrer Umgebung und las die Informationen auf deren Webseite mehrfach durch. Zweifellos würde es nicht einfach werden, aber es war auch eine abenteuerliche Herausforderung, der sie sich durchaus gewachsen fühlte. Im nächsten Schuljahr in ein paar Monaten würde sie beginnen. Nun hatte ihr die Begegnung mit Ray irgendwie doch zu einer neuen Lebensperspektive verholfen.

Sevy konnte auch in der kommenden Woche kaum eine Minute arbeiten, ohne, dass Ray ihr durch den Kopf ging. Sie lenke sich dann stets mit dem Gedanken an ihr berufliches Fortkommen ab, was ihr zumindest das Gefühl brachte, dass die Zeiten des Liebeskummers doch nicht so ganz umsonst wären. Am Samstagmorgen wachte sie sogar mit einem Gefühl der Vorfreude auf. Auf dem Küchentisch lag ein Mathematikbuch, das die Grundlagen erklärte, die sie für das Abitur brauchen würde. Sevy konnte nicht bis zum Schulanfang warten, sie wollte sich jetzt sofort mir ihrer neuen beruflichen Planung beschäftigen. Also würde sie sich schon ein wenig auf die Mathematikthemen vorbereiten. Mathematik war stets ihr Lieblingsfach gewesen. Logik und der Erfolg, die richtige Lösung ermittelt zu haben, brachten ihr ein gewisses Gefühl der Sicherheit und Verlässlichkeit, die ihr bei den oft verwirrenden Reaktionen der Mitmenschen fehlte.

Nachdem sie sich gerade mit einer heißen Tasse schwarzen Kaffees an ihren Küchentisch gesetzt hatte und das Buch aufschlug, schellte die Haustürklingel. Nachdem sie den Türöffner bedient hatte, rief der junge Postbote »Po-o-o-ost« in den Flur. In der Hoffnung, dass die Anmeldebestätigung des Abendgymnasiums gerade in ihren Innenbriefkasten geworfen würde, stieg sie die Treppen von ihrem zweiten Stock herunter.

»Guten Morgen«, grüßte sie der Briefträger freundlich.

»Den wünsche ich Ihnen auch!«, lachte Sevy zurück.

»Sie haben einen Luftpostbrief aus Japan bekommen. Ich habe ihn gerade in Ihren Briefkasten eingeworfen«, zwinkerte er Sevy zu.

»Aus Japan? Das kann ich mir gar nicht vorstellen. Ich kenne doch niemanden in Japan.« Neugierig schloss sie ihren Briefkasten auf und zog den hellblauen Umschlag heraus. In einer energischen, aber gut leserlichen

Männerschrift war Sevys Name und Anschrift auf den Brief geschrieben worden. Hektisch drehte sie den Umschlag um, damit sie den Absender ermitteln konnte. »Ray« las sie und zuckte zusammen. Das konnte doch nicht DER Ray sein, der ihr genauso unaufhörlich wie hartnäckig durch den Kopf spukte? Noch vor dem Briefkasten stehend riss sie den Umschlag auf.

»Einen schönen Tag noch!«, verabschiedete sich der Postbote. Sevy nickte ihm lächelnd zu.

Ihre Gedanken waren voll und ganz bei diesem Brief.

Sie nahm das akkurat zusammengefaltete, dünne, hellblaue DIN-A4-Blatt heraus und roch daran. Es roch nach Ray - nach seinem herben Aftershave - nach ihrer kurzen Liaison in ihrem Bett - nach Herzschmerz und nach Hoffnung. Sevy setzte sich auf die zweite Treppenstufe und faltete zitternd das Blatt auseinander, bevor sie sich in dessen Inhalt vertiefte.

»Meine liebe Sevy,

während ich dir diesen Brief schreibe, bin ich ganz aufgeregt. Wie gerne hätte ich dir das alles persönlich gesagt, aber ich musste schon früh am nächsten Tag für drei Wochen beruflich in die Niederlassung nach Tokio reisen. Es geht um einen wichtigen Vertragsabschluss, bei dem ich als Vertriebsleiter nicht fehlen sollte.

Das Reisen und die Auslandsaufenthalte haben mir bisher immer Spaß gemacht. Aber wie gerne wäre ich dieses Mal stattdessen jetzt bei dir und würde das fortsetzen, bei dem wir von deiner Freundin gestört wurden.

Ich werde am Freitag, den 21. März, in Düsseldorf landen und würde dich gerne am darauffolgenden Samstag um 20.00 Uhr zum Essen einladen. Bitte, lass uns einfach reden und schauen, was daraus und aus uns wird. Für mögliche Probleme gibt es immer eine Lösung und das möchte ich dir gerne beweisen.

In tiefer Zuneigung,
Dein Ray«

Starr blieb Sevys Blick auf dem kleinen Passfoto heften, das er hinter »In tiefer Zuneigung« geklebt hatte. So sah Ray also ohne Maskierung aus. Ein markantes, männliches Gesicht mit den ihr vertrauten hellblauen Augen blickte ihr entgegen. Dieses attraktive Gesicht würde sie nicht mehr vergessen.

Sevys Herz schlug kräftig und ihr war schwindelig. Konnte dies ein Brief von einem Betrüger sein? Der Inhalt rührte sie. Ray schien so ehrlich, so unkompliziert und so tatkräftig. Er wollte sie und kämpfte darum. Oder hatte Marina etwa auch einen solchen Brief erhalten? Vielleicht auch noch andere Frauen, sodass er sich die Tage in Deutschland angenehm gestalten konnte?

## KAPITEL 14

Nervös schloss Sevy am Montagmorgen die Praxistüren auf. Sie brauchte Gewissheit.

Sevy hatte Rays Brief in ihrer Tasche in ihrem Spind. Sie hatte lange überlegt, ob sie ihrer Freundin seinen Liebesbrief zeigen sollte. Sevy wollte keine gerade verkrusteten Wunden in Marina aufreißen, aber sie mussten beide wissen, woran sie bei Ray waren.

Marina kam auch an diesem Tag wieder ein paar Minuten zu spät in die Praxis.

»Ist der Doktor schon da?«, waren ihre ersten Begrüßungsworte an Sevy.

»Nein, noch nicht. Wenn du dich ein wenig beeilst, wird er deine Verspätung heute nicht bemerken.«

Sevy schluckte. Marina schien sich ganz normal zu verhalten, was darauf schließen ließ, dass sie keinen Brief von Ray erhalten hatte. Sevy schöpfte Hoffnung, dass er nur ihr geschrieben hatte. Womöglich hatte Marina sich jedoch innerlich schon so weit von Ray getrennt, dass sie einen Brief von ihm als nicht mehr so wichtig hielt, um dies Sevy sofort entgegenzusprudeln. Auf jeden Fall brauchten sie jedoch Gewissheit, auch wenn dies bedeutete, dass es schmerzen könnte. Sevy würde auf diesen Brief in der Mittagspause ansprechen müssen.

Die Stunden bis zur gemeinsamen Mittagspause in dem Personalraum der Praxis schienen sich endlos hinzuziehen.

Als Marina gerade ihren Mittagsjogurt geöffnet hatte, sprach Sevy endlich direkt das belastende Thema an. »Ich habe einen Brief von Ray bekommen.«

Marina lief knallrot an und schnappte nach Luft. »Wirklich? Was schreibt er denn?«

Sevy holte den hellblauen Umschlag aus ihrem Spind und hielt ihn Marina hin. »Lies selbst.«

Marinas Augen weiteten sich vor Schrecken, als sie die liebevollen Zeilen überflog. Das durfte nicht sein! Sevy durfte Ray nicht nochmal begegnen, sonst würde ihre Lüge auffliegen und Ray wäre für sie verloren.

Marina holte tief Luft. »Tut mir leid, Sevy.«

»Was tut dir leid?«

»Ich habe auch einen ganz ähnlichen Brief von Ray bekommen. Er will mich am Freitag sehen, dich am Samstag und welche Frau darf ihm dann den Sonntag versüßen?«

Sevy setzte sich mit einem Ruck auf ihren Stuhl. Sie atmete tief durch. »Ich habe das schon befürchtet.« Doch glauben konnte sie Rays Betrug noch immer nicht ganz. Ihr verrücktes Herz schien noch immer nicht bereit, die Wahrheit zu erkennen und diesen Mann aufzugeben.

»Wir müssen absagen, Sevy.« Marina schaute sie hoffnungsvoll an.

»Vielleicht sollte ich ihn doch mal drauf ansprechen«, sprach Sevys Herz laut aus. »Deine Idee, die Angelegenheit mit ihm zu klären, um dann besser abschließen zu können, erscheint mir doch inzwischen recht verlockend.«

»Bist du verrückt?«, schrie Marina geradezu auf. Das durfte auf keinen Fall passieren! Betont ruhig sprach sie weiter: »Also, nach alldem brauche ich keine Erklärungen mehr von Ray. Sein Betrug ist doch offensichtlich, Sevy, ich verstehe dich nicht.«

Sevy reagierte nicht. Sie war verwirrt und traurig.

Marina holte noch einmal Luft. »Du kannst natürlich machen, was du willst. Ich rate dir jedoch dringend, dich nicht mehr mit ihm einzulassen. Ray wird dir nur noch verletzten. Er ist skrupel- und herzlos. Ich werde ihm sagen, dass er mich in Ruhe lassen soll. Hoffentlich stimmt wenigstens der Absender.«

Sevy nickte. »So langsam kann man ihm gar nichts mehr glauben.«

»So langsam?« Marina lachte ironisch auf. »Moment, ich schreibe mir den Absender von deinem Brief mal auf und vergleiche ihn mit dem auf meinem Brief von Ray. Sonst kann ich mir sogar die Absage sparen.«

Sevy nickte.

Marina schrieb Rays Absender in ihr kleines Telefonbuch, das sie immer in ihrer Handtasche trug.

Danach saßen beide Frauen schweigend am Tisch. Marina formulierte in Gedanken bereits den Brief an Ray. Sevy dagegen konnte ihr Herz, das Ray noch immer vertrauen wollte, und ihrem Verstand, der den Betrug sah, nicht auf einen Nenner bringen. Sie fühlte sich hin- und hergerissen.

## KAPITEL 15

Nach Feierabend besorgte sich Marina Luftpostbriefpapier in der nahegelegenen Postfiliale und setzte sich gleich an ihren Schreibtisch im kleinen Wohnzimmer. Sie schaute sich den Absender von Ray an und lachte schadenfroh auf. Das würde Sevys Kontakt zu ihm endgültig zerstören. Mit ihrem Lieblingsfüller schrieb sie in schwarzer Tinte:

»Hallo Ray,

danke für die Einladung zum Abendessen, die ich jedoch ablehnen muss.

Du musst am Weiberfastnachtabend etwas falsch verstanden haben. Ich suche keinen Freund, denn ich habe bereits seit Jahren einen treusorgenden Ehemann. Ich fand dich attraktiv und hatte einen One-Night-Stand mit dir im Sinn, zumal mein Mann beruflich unterwegs war. Wenn du eine ernsthafte Beziehung suchst, dann wende dich an meine Freundin Marina.

Ich bedaure, dir falsche Hoffnungen gemacht zu haben, bitte dich aber, ab sofort keinen Kontakt mehr zu mir zu suchen.

Mit besten Grüßen
Severina«

Marina freute sich über ihr vermutlich sehr wirkungsvolles Werk. Ray kannte Sevys Handschrift nicht und der Brief würde bei ihm einschlagen wie eine Bombe. Sevy würde niemals dahinterkommen, dass sie Ray diesen Brief geschrieben haben sollte. Wenn Marina erst einmal mit Ray zusammen wäre, würde sie schon zu verhindern wissen, dass sich die beiden trafen. Dann würde sie auch dafür sorgen, dass Ray ihr bedingungslos vertraute und nicht Sevy.

Nachdem Marina diesen Brief noch schnell zur Post gebracht hatte, schaltete sie sich ihre Lieblingsmusik an und schwelgte in Tagträumen mit Ray.

## KAPITEL 16

Sevy hingegen kämpfte mit sich, ob sie Ray tatsächlich am 22.03. zu einem gemeinsamen Abendessen begleiten wollte. Sehr bald merkte sie jedoch, dass ihr Herz von ihr verlangte, seinen wirklichen Beweggründen für das Date auf den Grund zu gehen. Obwohl Sevy genug Beweise für Rays Betrug hatte, wollte sie es dennoch nicht glauben. So schnell würde sie ihren Liebeskummer nicht verarbeiten können. Was schadete es dann noch, mit ihm über die Vorkommnisse zu sprechen? Sevy entschied daher, sich am 22.03. tatsächlich mit Ray zu treffen.

Am 22.03 gegen Abend badete sich Sevy daher und schminkte sich sorgfältig. Ihre hellbraunen, schulterlangen Haare hatte sie kunstvoll hochgebunden, wobei noch ein paar Haarsträhnen ihr schmales Gesicht umrandeten. Sie freute sich inzwischen auf den Abend mit Ray und sehnte sich endlich nach einer akzeptablen Erklärung für seine offenkundige Untreue. Sevy wollte Ray die Chance zu seiner Stellungnahme und womöglich einer Versöhnung lassen.

Je näher sich die Zeit der 20:00-Uhr-Marke näherte, desto nervöser wurde Sevy. Warum wollte Ray sie tatsächlich sehen? Sammelte er erotische Abenteuer mit Frauen wie andere seltene Münzen? Oder hatte er sie womöglich tatsächlich vermisst und daher seine »tiefen Gefühle« für sie entdeckt, wie er in dem Brief dargelegt hatte? Gleich würde Sevy endlich Genaueres wissen und ihre Beurteilung festigen oder widerlegen können.

20:00 Uhr! Klack! Der Minutenzeiger der funkgesteuerten Küchenwanduhr zeigte genau senkrecht nach oben. Wo war Ray? Sevy hatte in einer Frauenzeitschrift in ihrer Praxis gelesen, dass verliebte Männer niemals zu spät kommen würden. Sie schluckte und wünschte sich, sie würde nicht immer die Zeitschriften in der Mittagspause durchblättern.

Doch der Minutenzeiger schlich sich schleppend voran, ohne dass es an ihrer Tür klingelte. Während Sevy den Zeiger hypnotisiert anstarrte, schien er sich sogar ein Mal zurück statt vorwärts bewegt zu haben. Hatte sie auch die Türklingel nicht versehentlich ausgeschaltet? Sevy rannte atemlos zum Türöffner und sah schon von weitem, dass dies nicht der Fall war. Könnte es sein, dass die Klingel heute defekt war? Dann stand Ray auf der Straße vor ihrem Haus und konnte sie nicht erreichen. Er würde genauso verzweifelt dort unten stehen, wie sie oben auf ihn wartete. Sevy rannte zum Wohnzimmerfenster, das einen Blick auf die Straße frei gab. Fieberhaft suchte sie den schmalen Bürgersteig nach einem Mann mit hellbraunen, kurzen Haaren ab. Nichts. Ray stand definitiv nicht vor ihrer Haustür. Womöglich war er schon gegangen, nachdem er an ihrer Haustür geklingelt und sie nicht geöffnet hatte? Vielleicht hatte er auch gedacht, sie wolle ihn nicht sehen - sie hätte ihn versetzt? Sevys Wangen begannen zu brennen und sie atmete panisch. Mist, warum hatte sie weder seine Anschrift, noch seine Telefonnummer? Weshalb mussten die Begegnungen mit ihm stets so abrupt enden?

Es wurde halb neun und es wurde neun Uhr. Sevy saß auf dem Küchenstuhl und war verzweifelt. Offensichtlich hatte er sie versetzt.

Sie rief Marina an. »Ray ist nicht gekommen.« Mehr brachte sie nicht heraus, ohne zu schluchzen.

»Das tut mir so leid für dich, Sevy!«, reagierte Marina sofort. »Aber ich habe dir gleich gesagt, dass er ein Lügner und Betrüger ist. Jedes Mal, wenn du ihm eine Chance gibst, verletzt er dich nur noch umso mehr. Versuche am besten, ihn zu vergessen.«

Sevy nickte, was Marina durch das Telefon jedoch nicht sehen konnte.

»Weißt du was, Sevy? Wir beide treffen uns in 45 Minuten vor dem irischen Pub. Dann trinken wir einen oder mehrere Guinnessbiere, reden miteinander und vielleicht wartet heute schon wieder ein anderer attraktiver Mann auf dich.«

Auch wenn sich in Sevy alles wehrte, gleich die Wohnung zu verlassen und damit die noch so winzige Hoffnung aufzugeben, dass Ray sich aus einem verständlichen Grund nur verspätet hatte, willigt sie ein: »Ja, du hast Recht Marina. Danke, dass du eine so gute Freundin bist.«

»Gerne geschehen. Ich sehe dich gleich, Sevy!«, antwortete Marina fröhlich und legte auf.

Da Sevy bereits aufgestylt war, konnte sie die halbe Stunde noch zu einer anderen Beschäftigung nutzen. Sie würde Ray einen

Brief nach Japan schicken. Es würde ein Abschiedsbrief sein, den er irgendwann erhielte, sobald er wieder in der Niederlassung in Tokio wäre.

In der untersten Schublade ihres Wohnzimmerschrankes müsste sich noch vergilbtes, hellblaues Luftpostpapier befinden. Nach der Trennung von ihrem letzten Freund hatte sie englischsprachige Brieffreundschaften in USA und Australien gesucht und über das Internet gefunden. Es war üblich gewesen, neben dem oberflächlichen E-Mail-Verkehr auch gelegentlich einen kunstvoll verfassten und mit besonders schönen Briefmarken beklebten Luftpostbrief an die Brieffreundschaften zu schicken. Auch im Zeitalter des Internets waren handgeschriebene Briefe von der anderen Seite der Erde immer noch etwas ganz Besonderes gewesen. Eigentlich müssten sich auch noch Sonderbriefmarken mit ausreichendem Wert für den Brief nach Japan in dieser Schublade befinden.

Feierlich nahm sie dieses Luftpostpapier, suchte ihren Montblanc-Füller heraus und setzte sich an den niedrigen

Wohnzimmertisch. Alles in ihr drängte sie, ihn um eine Erklärung für sein verletzendes Verhalten zu bitten. Sie wusste jedoch, dass sie mit keiner Antwort zu rechnen hatte. Ray hatte das ursprünglich von ihm gewünschte Date nicht eingehalten, welche Reaktion sollte sie von ihm noch erwarten?

Sevy würde daher einen Brief schreiben müssen, der ihr half, auch wenn Ray nicht antwortete.

Nach ein paar Minuten der Besinnung begann sie, zu schreiben:

»Hallo Ray,

auch wenn ich Bedenken hatte, habe ich heute am 22.03 auf dich gewartet, um mit dir Essen zu gehen.

Ich finde es schade, dass unsere Treffen unter keinem guten Stern zu stehen scheinen.

Für die Zukunft wünsche ich dir alles Gute! Sevy«

Sevy las den Brief durch und fühlte Entspannung. Sie hatte sich wenigstens von Ray verabschiedet. Es tat gut - eine halbe Minute. Dann brach der Liebeskummer in gleicher Härte durch wie zuvor.

Sie las den Brief nochmal durch und zerriss ihn. Wozu noch reagieren? Sevy brachte ihr Abschiedsbrief offensichtlich nichts. Sie war Ray ohnehin nicht wichtig. Sie war es ihm noch nicht einmal Wert gewesen, die Einladung abzusagen.

## KAPITEL 17

Sevy entschied sich, noch einen kurzen Spaziergang in der abendlichen Kühle zu machen, bevor sie zu dem irischen Pub ging, um ihre Freundin dort zu treffen. Der wenige Verkehr und die beleuchteten Zimmer in den Häusern beruhigten sie etwas. Alles wirkte so normal, so wie jeden Tag. In Sevy war jedoch gerade eben ihre letzte Hoffnung auf eine Zukunft mit ihrer großen Liebe endgültig zersprungen.

Pünktlich erreichte Sevy den irischen Pub. Marina kam, wie immer, ein paar Minuten zu spät zur Verabredung. Sevy war ihr jedoch dankbar, dass sie überhaupt erschien.

Die Kneipe war voll und über die Lautsprecher klang wehmütige irische Countrymusik in den Raum. Fröhlich gestikulierende Menschen saßen an den dunklen Tischen und ein junges Pärchen schaute sich verliebt in die Augen. Eine Gruppe von neun Männern mittleren Alters hatten drei Tische zusammengeschoben und lachten laut, während sie sich mit ihren dunklen Bieren zuprosteten.

Sevy und Marina kämpften sich bis zur Theke vor und Marina bestellte zwei 0,5-Liter-Guinnessbiere für sie.

»Das kann ich heute gebrauchen«, freute sich Sevy.

Mit den beiden Gläsern suchten sie sich einen noch freien, dunkelhölzernen Tisch mit zwei Stühlen.

»Statt der erwarteten Einladung zum Essen gibt es heute dann eben köstliche flüssige Nahrung«, scherzte Sevy bitter und nahm einen großen Schluck. Sie liebte das irische, dunkle Bier, gönnte es sich aber nicht häufig, da sie es nicht gut vertrug.

»Heute dürfen wir beschwipst sein. Morgen können wir uns ausschlafen«, bestätigte Marina.

»Du verträgst doch viel mehr Alkohol als ich. Wenn ich am Abend ein Glas Wein trinke, fragt mich der Doktor am nächsten Tag, ob ich die Nacht durchgefeiert habe«, kicherte Sevy. Der eine Schluck Guinness genügte ihr, um lockerer zu werden.

»Der Doktor ist aber auch sehr streng mit uns. Wir sollen allen irdischen Freuden abschwören und nur noch brav für ihn arbeiten. Vermutlich nennt man die berufsbedingte, übertriebene Vorsicht«, lästerte auch Marina.

»Immerhin will er uns offensichtlich nicht los werden«, stimmte ihr Sevy grinsend zu.

Doch ihr Grinsen erstarrte und machte dann einem schockartigen Gesichtsausdruck Platz. Mit teils wütenden, teils erschrocken weit geöffneten Augen flüsterte Sevy: »Marina, schau, da hinten. Hat er einen Doppelgänger oder sitzt dort tatsächlich Ray?«

»Verdammt, was macht der denn hier?«, entfuhr es Marina wütend. »Vermutlich trifft er sich gerade hier mit einer der anderen Frauen.« In Marinas Stimme klang Hoffnung mit. Auch wenn sie ihn für sich selbst haben wollte, wäre es ihr im Moment lieber, er würde mit einer anderen Frau flirten, als dass es zu einem Gespräch zwischen Ray und Sevy käme.

»Er scheint alleine hier zu sein. Auf dem Tisch steht nur ein einziges Glas«, zerstörte Sevy ihre Hoffnungen. Zu Marinas großem Schrecken ergänzte Sevy noch wütend: »Jetzt will ich endlich wissen, was mit Ray los ist. Ich frage ihn jetzt direkt, warum er mich ohne abzusagen versetzt hat.«

Bevor Marina reagieren konnte, stand ihre Freundin schon auf und steuerte zielsicher auf Ray zu.

»Verdammt!«, flüsterte Marina leise, schnappte sich ihre kleine Handtasche und rannte Sevy hinterher. Sie musste verhindern, dass ihre kleinen Intrigen in der Vergangenheit jetzt aufgedeckt würden. Viel dringender noch musste sie jedoch vereiteln, dass Ray und Sevy doch noch zusammenkamen.


»Einen schönen guten Abend, Ray«, begrüßte ihn Sevy bittersüß, als sie seinen Tisch erreicht hatte.

Ray erschrak. Er war offensichtlich in seinen Gedanken vertieft gewesen.

»Sevy! Ich habe dich gar nicht gesehen.« Ray schluckte seine Überraschung mit einem Schluck Bier herunter.

»Das habe ich gemerkt. Du dachtest sicher, ich säße noch zu Hause und würde auf dich warten.« Sevy ging zum Angriff über.

»Warum solltest du auf mich warten?« Ray schaute Sevy mit großen, fragenden Augen an und ihr Herz begann schon wieder, aufgeregt zu schlagen.

»Wolltest du mit mir nicht heute essen gehen? Anscheinend hast du die Einladung vergessen«, antwortete Sevy in einem wesentlich milderen Ton, was sie selbst ärgerte. Sie hatte jedes Recht, auf ihn wütend zu sein. Stattdessen hätte sie ihn inzwischen lieber umarmt und geküsst.

»Sevy, was soll dein Auftritt hier? Ich habe dir von meinen tiefen Gefühlen für dich geschrieben und du wolltest keinen Kontakt zu mir. Ich verstehe deinen plötzlichen Sinneswandel nicht.« Ray blieb gefasst. Sevy merkte, dass er es gewohnt war, mit schwierigen Kunden umzugehen.

»Ich habe heute auf dich gewartet.« Mehr brachte Sevy nicht heraus. Sie begriff die Situation nicht. Woraus schien Ray schließen zu wollen, dass sie keinen Kontakt mehr zu ihm wollte? Nach seiner Einladung zum Essen hatten sie sich nicht mehr gesehen. Hatte er etwa auf eine Antwort von ihr gewartet oder sogar ebenfalls auf ein Liebesgeständnis oder vielleicht nur auf eine erfreute Zusage? Was war schiefgelaufen?

»Ray, auch ich habe ehrliche Gefühle für dich. Warum sollte ich den Kontakt zu dir abbrechen wollen?«, fragte Sevy nach ein paar Minuten noch immer verwirrt.

Nun reichte es Marina. »Sevy, einen Moment bitte.« Sie zog ihre Freundin ein Stück weit weg.

»Sevy, hat er dir nicht schon genug bewiesen, dass er nur lügt und betrügt? Glaubst du ihm das Märchen etwa, dass er leidet, weil DU den Kontakt abbrechen wolltest? Wie sollst du ihm das denn mitgeteilt haben, wenn ihr euch bis heute nicht mehr gesehen habt? Denk doch einmal nach, Sevy, und lass dich von ihm nicht zum Narren halten. Statt ihn noch mit einer Liebeserklärung zu bedrängen, solltest du ihn einfach ignorieren.« Marina redete hastig auf Sevy ein. Hoffentlich hatte sie die richtigen Worte für sie gefunden, um noch Schlimmeres zu verhindern.

Sevy nahm jedoch nichts mehr auf. Das Bier betäubte ihre Gedanken so sehr, dass sie sich nicht mehr konzentrieren konnte. Die unterschiedlichen Aussagen dröhnten in ihrem Kopf zu den wehmütigen Liedern der Iren. Plötzlich wurde ihre schwindelig. Sie taumelte, verlor die Orientierung und glitt sanft zu Boden.

»Hey, Sevy, was ist los mit dir?« Rays Stimme drang in ihr Bewusstsein und holte sie wieder zurück.

»Mir ist schwindelig geworden. Vermutlich die schlechte Luft hier im Pub«, spielte Sevy ihren Anfall herunter.

»Hast du das häufiger?«, fragte die besorgte Stimme von Ray nach.

»Nein, noch nie.« Bereitwillig ließ sich Sevy von Ray hochheben und vor die Pubtür tragen.

Nun mischte sich Marina ein: »Ray, vielleicht sollten wir sie hier in Ruhe zu sich kommenlassen.«

Doch Ray reagierte nicht auf sie. »Sevy, soll ich einen Krankenwagen rufen oder deinen Mann?«

»Meinen Mann?«, fragte Sevy verwirrt nach und dachte, sie hätte sich in ihrem geschwächten Zustand verhört. »Nein, lass mich einfach ein paar Minuten frische Luft einatmen und dann gehe ich nach Hause.«

»Ich werde dich natürlich begleiten«, bestimmte Ray.

»Ich glaube nicht, dass das so eine gute Idee ist«, reagierte Marina sofort.

Ray stöhnte bedauernd auf. »Ich weiß.«

## KAPITEL 18

Sevy saß an der Seite auf den Außenstufen des Pubs und genoss die kurzen Momente der Ruhe und Besinnung.

Ihr Schwindelanfall war ihr entsetzlich peinlich. Ray musste sie jetzt für eine hysterische, schwache Furie halten, der man tatsächlich lieber das Riechsalzfläschchen als die Wahrheit unter die Nase hielt. Sevy war durcheinander. Dieser Tag hatte sehr viel von ihr abverlangt und nun sollte sie noch den Heimweg mit Ray antreten, mit dem Mann, dem sie tiefste Gefühle entgegenbrachte und bei dem sie nie wusste, ob er gerade wieder log?

Nach ein paar Minuten, in denen sie und Ray schweigend nebeneinander auf der Treppe gesessen hatten, fragte er Sevy: »Geht es dir langsam besser?«

Sevy nickte. »Ich vertrage Alkohol nicht so gut. Ein Schluck Guinness und ich falle ins Koma.« Sevy versuchte sich an einem Grinsen.

Ray legte den Arm um sie. »An Weiberfastnacht hast du das Bier aber ganz gut vertragen.«

Sevy nickte. »Ja, das stimmt. Das ist eigentlich erstaunlich.«

»Ich habe dem Alkohol keine Chance gelassen, zu wirken. An mir kam er nicht vorbei«, zwinkerte Ray ihr zu.

»Das muss es gewesen sein«, stimmte Sevy zu.

Es herrschte wieder Stille zwischen ihnen. Die Stille war angespannt und nahm Sevy den freien Atem.

Nach ein paar Minuten räusperte sich Ray. »Gut, lass uns mit offenen Karten spielen. Hast du mich an Weiberfastnacht mit deiner Freundin weggeschickt, weil du den Alkohol schlecht vertragen hast oder wegen deines Mannes?«

Sevy schreckte zurück. »Ich bin nicht verheiratet. Ich habe auch keinen Freund. Glaubst du etwa, ich wäre dir sonst so nahegekommen?«

Ray schüttelte verwundert den Kopf. »Aber, du hast...« Doch dann wollte er den friedlichen Moment nicht stören. »Es freut mich zu hören, dass du noch zu haben bist. Alles andere ist egal.« Was auch immer zu diesem

Missverständnis geführt hatte, könnten sie später klären. Ray hatte Sevy in der langen Zeit, in der er in Japan war, nicht vergessen können. Jede Minute hatte er sich nach ihr gesehnt und es war ihm vorgekommen, als sei sein Verlangen nach ihr mit der Zeit noch heftiger geworden. Ray wollte auf keinen Fall riskieren, dass Sevy jetzt für immer ging.

Rays Arm ruhte noch immer auf Sevys Schultern. Er zog sie spontan an sich und gab ihr einen Kuss auf ihr herrlich duftendes Haar, als Marina gerade zur Pubtür herauskam.

Sie hatte die zwei Guinness bezahlt und überlegte die ganze Zeit schon fieberhaft, wie sie die beiden auseinanderbringen könnte. Es blieben ihr jedoch nicht viele Möglichkeiten, wenn sie keinen der beiden Beteiligten verärgern oder auf ihr intrigantes Spiel aufmerksam machen wollte.

In dem Moment, als sie Rays Kuss sah, begann sie, Sevy zu hassen. Marina hatte an Weiberfastnacht mit Ray geflirtet und Sevy mit ihm bekannt gemacht. Wie konnte sie es wagen, ihr jetzt den Mann auszuspannen? In diesem Moment war Marina bereit, sämtliche Grenzen zu überschreiten, um ihr

vermeintliches Recht auf diesen Traummann
einzufordern.

## KAPITEL 19

»Sevy, wenn du sicher laufen kannst, bringe ich dich nach Hause«, sprach Marina ihre Freundin und Ray auf der Pubtreppe an.

»Danke, dass du deiner Freundin helfen willst, aber das mache ich schon. Vielleicht braucht sie noch Unterstützung, wenn ihr doch wieder schwindelig wird«, antwortete Ray. Sevy schwieg.

»Sevy, ist es das, was du auch willst? Soll Ray dich tatsächlich nach Hause bringen? Das könnte Probleme bringen«, spielte Marina auf den fiktiven Ehemann von Sevy an.

»Ja, Marina. Ich möchte, dass Ray mich begleitet.«

Marina schüttelte den Kopf. »Sevy du musst wissen, was du tust. Ich werde dann auch gehen. Die Guinnessbiere sind bezahlt.« Marina brachte es nicht fertig, den beiden einen »Schönen Abend« zu wünschen oder auch nur einen freundlichen Abschiedsgruß zu hinterlassen. Sie war sich zudem sicher, dass die beiden keine angenehme Versöhnungsnacht zusammen erleben würden. Dafür würde sie schon sorgen und sie wusste auch inzwischen, wie sie das erreichen könnte.

Ray schüttelte den Kopf, als sich Marina schnellen Schrittes entfernte. »Marina passt es wohl nicht, dass wir uns so gut verstehen.« Er erinnerte sich an ihre Verführungsversuche an Weiberfastnacht, als er sie nach Hause gebracht hatte.

»Sie wollte einen schönen Abend mit mir verbringen«, erklärte Sevy.

»Ich glaube, sie wollte lieber einen romantischen Abend mit MIR verbringen«, zwinkerte Ray ihr zu.

»Das hättest du wohl gerne!«, lachte Sevy. Offensichtlich hatte ihre Absage ihn ein wenig getroffen oder war er etwa doch enttäuscht, dass er Marina nicht auch haben konnte? Doch Sevy schüttelte den Kopf. Heute Abend hatte er ganz klar zu ihr und nicht zu Marina gestanden. Warum war nur alles mit Ray so verwirrend?

»Lass uns gehen«, lenkte Sevy ab.

Als Ray ihr jedoch hoch half, wankte Sevy wieder.

»Vielleicht sollte ich dich doch in ein Krankenhaus zur Untersuchung bringen?«, schlug Ray mit besorgter Stimme vor.

»Danke, aber das ist nicht nötig. Wenn es mir bis Montag nicht besser geht, lasse ich mich von meinem Chef durchchecken«, forderte Sevy ihn heraus.

»Von deinem Chef?« Zu Sevys Erstaunen und großer Freude klang Rays Stimme jetzt tatsächlich ein wenig eifersüchtig.

»Herr Doktor Reuter! Er ist Allgemeinmediziner. Ich arbeite als medizinische Fachangestellte in seiner Praxis«, kicherte Sevy.

»Einverstanden, Erlaubnis erteilt«, atmete Ray gespielt übertrieben auf. »Aber wenn du mich schon wieder ärgern willst, kann es dir nicht mehr so schlecht gehen.« Sein Gesichtsausdruck war weich. Sein Mienenspiel war begeisternd. Mal war Ray der spitzbübische Junge, mal der weiche Liebhaber oder der fordernde Macho. Obwohl die Erinnerung an seine Lügen sie noch immer in ihrem Innersten warnten, so war sie dennoch bereit, ihm eine zweite Chance zu geben.

Als sie losgingen, legte Ray seinen rechten Arm um ihre Hüfte. Sevy genoss seinen stützenden, männlichen Griff und wünschte sich, dieser Weg würde nie enden.

Viel zu schnell war jedoch schon ihr Wohnhaus in Sicht. Entgegen Sevys Befürchtungen machte Ray allerdings keinerlei Anstalten, sie an der Haustür zu verabschieden. Sie schloss schweigend die Tür auf, er folgte ihr ebenso wortlos. Dasselbe spielte sich auch an der Wohnungstür ab.

Erst als Sevy die Tür hinter sich geschlossen hatte, nahm Ray sie zärtlich in den Arm.

»Wie geht es dir, Liebes?« Sein Ton war sanft und mitfühlend.

»Schon sehr viel besser«, hauchte Sevy, während sie ihren Kopf an seine Schulter drückte. Sein herbes Aftershave, das sich mit dem Alkoholgeruch in der Kneipe vermischt hatte, raubte ihr fast die Sinne. Sevy wankte wieder.

»Das sieht aber nicht so aus. Ich glaube, dann muss ich dich heute wohl schonen?«, fragte Ray mit offensichtlicher Enttäuschung in seiner Stimme.

»Nein!«, rutschte es Sevy viel zu laut heraus.

Ray lachte auf. »Aus dir werde ich niemals klug werden.« Er hob sie mit Leichtigkeit hoch und trug sie in ihr Schlafzimmer. Sanft legte er sie auf ihrem Bett ab und zog sich sein dunkles Hemd aus. Atemlos erinnerte sich Sevy an das letzte Mal, als Ray in ihrem Schlafzimmer gewesen war. Diesmal würde sie es nicht zulassen, dass irgendjemand ihr Ray entriss. Heute Nacht würde er nur ihr gehören. Wenigstens heute Nacht.

Als Ray sein Hemd achtlos auf einen Stuhl geworfen hatte, zog er sich schweigend seine Schuhe und seine Jeans aus. Sevy beobachtete ihn voller auflodernder Leidenschaft. Es war kein Wunder, dass er sie hatte so leicht tragen können. Ray war ein offensichtlich durchtrainierter, muskulöser Mann, der dennoch auf eine anziehend widersprüchliche Art sanft und jungenhaft wirkte. Als er bemerkte, dass sie ihn fasziniert beobachtete, lächelte er ihr zu.

Ray kniete sich über Sevy und schaute ihr einen Moment in die Augen. »Ich liebe deine Augen!«, sagte er leise und Sevy spürte nur noch, wie seine rauen und dennoch sanften Lippen ihren Mund berührten. Die

Leidenschaft durchzog Sevy wie ein Stromstoß. Oder war es der plötzliche Gedanke daran, dass er vor drei Wochen dasselbe mit Marina getan hatte?

Ray richtete sich ruckartig auf. »Was ist los?«

»Nichts, Ray. Lass uns heute einfach nur den Abend zusammen genießen.«

Er lächelte sie wieder sanft und bubenhaft an. Seine hellblauen Augen glänzten und Sevy wunderte sich, dass sie nicht den ganzen Raum zum Strahlen brachten.

Hatte Marina vor ein paar Wochen vielleicht genau dasselbe erlebt? Wäre Ray gestern mit Marina auch so umgegangen, wenn sie nicht abgesagt hätte?

»Sevy, irgendetwas stimmt doch nicht mit dir? Wenn du noch nicht bereit dazu bist, sag' es mir bitte. Wir haben alle Zeit der Welt.« Ray schaute sie ernst an.

Doch Sevy schüttelte nur ihren Kopf. Sie musste sich nun zusammenreißen und ihre grübelnden Gedanken verscheuchen. Sie wollte nicht, dass Ray ging. Nicht vor morgen Früh. Sevy begann daher, sich auszuziehen. Mit geschickten Händen half ihr Ray und sie spürte endlich seine nackte Haut auf ihrer. Das Paradies war so nah, sie musste es nur zulassen.

## KAPITEL 20

Wie aus einer anderen Welt nahm Sevy plötzlich wahr, dass die Türklingel schellte.

»Oh, nicht schon wieder!«, stöhnte sie.

»Heute öffnen wir die Tür nicht. Es gibt jetzt nichts Wichtigeres als unsere Liebe!«, bestimmte Ray.

Sevy nickte.

»Sevy, ich habe mich in den letzten Wochen so sehr nach dir gesehnt«, hauchte Ray ihr ins Ohr, bevor ihre Leidenschaft endgültig ihre Gedanken ausschaltete.

Er trug sie in den Himmel und nicht nur ihr Körper reagierte auf ihn, sondern auch ihre Seele.

Erst als Sevy und Ray ein paar Minuten später erschöpft nebeneinanderlagen, nahmen sie wieder das Klopfen an der Tür wahr.

»Da ist aber jemand extrem hartnäckig.« Rays Stimme war männlich rau.

Sevy begann zu kichern. »Vielleicht will er der Nächste sein.«

Mit einem Ruck drehte Ray sie um und schlug ihr neckend auf den nackten Po. »Denk noch nicht mal dran. Ich bin sehr eifersüchtig.«

Schon wieder klingelte es an der Wohnungstür und gleich darauf wurde ungeduldig geklopft. Eine laute Männerstimme vom Flur war zu hören: »Sevy, mach doch endlich auf. Du hast mich großzügig bezahlt, damit ich dir einen heißen Abend biete und dann lässt du mich im Flur warten. Wenn du nicht endlich die Tür öffnest, war es das letzte Mal, dass ich eine Buchung von dir entgegengenommen habe.«

Mit einem Schwung sprang Ray aus dem Bett. Seine Augen glänzten wieder, aber dieses Mal vor Zorn. »Sevy, ich hoffe für uns, dass es nicht das ist, was es zu sein scheint.«

»Ray, warte!«, rief sie ihm hinterher, aber er hatte seine Unterhose in Sekundenschnelle angezogen und rannte nun zur Wohnungstür.

Sevy warf sich einen Morgenmantel über und lief hinterher, aber es war zu spät.

»Sie wollen also sagen, dass Sie ein Callboy sind und...« Rays Stimme war bedrohlich hart geworden.

»...Sevy heute von mir verwöhnt werden wollte. Sie bestellt mich jeden Samstag und bezahlt gut für spezielle Dienstleistungen. Ich wusste allerdings nicht, dass sie nun eher auf Bubis steht.« Der verächtliche Tonfall von dem Callboy war nicht zu überhören.

Mit angehaltener Luft wartete Sevy darauf, dass Ray ihn schlug. Sein Zorn brachte förmlich die Luft zum Knistern.

Ray drehte sich jedoch nur vor Wut zitternd zu Sevy um. »Erkläre mir das bitte!«

»Ray, ich muss mich vor dir nicht rechtfertigen.« Aus Sevy brach die Enttäuschung der letzten Wochen heraus. »Du nimmst dir einfach die Frauen, die du willst, ohne auf die Gefühle von anderen zu achten. Dich kümmert es nicht, ob ich oder jemand anderes dabei verletzt wurde. Daher spielt es auch keine Rolle, ob ich einen Callboy bestellt habe oder nicht.« Sevys Stimme war zum Ende hin kraftlos geworden. Seit einigen Wochen wechselten ihre Gefühle ständig von todtraurig zu rauschartig verliebt. Sie wollte den dauernden Aufschwung und Absturz nicht mehr ertragen müssen. Sevy wolle sich vor allem nicht mehr mit dauernden Entschuldigungsversuchen für ihr und insbesondere Rays Verhalten den Kopf zerbrechen. Sevy fühlte sich plötzlich lähmend müde.

»Willst du mir damit sagen, dass du mich im Grunde gar nicht wolltest und ich dich einfach überrumpelt habe?« Ray sprach laut und deutlich.

»Du willst mich einfach nicht verstehen«, reagierte Sevy resignierend. Rays starrer Gesichtsausdruck zeigte ihr zudem deutlich, dass es keinen Sinn mehr hatte, um ihn zu kämpfen.

»Also war ich letztlich nur ein kostengünstiger Ersatz für diesen dafür von dir gut bezahlten...« Ray verschluckte die Bezeichnung für den Callboy und seine Gesichtsmimik war schmerzhaft verzogen.

Sevy schüttelte verzweifelt den Kopf, aber Ray bemerkte es nicht.

»Dann wünsche ich dir noch viel Spaß mit ihm. Ich ziehe mich nur eben noch an und werde dann endgültig aus deinem Leben verschwinden.«

## KAPITEL 21

Während Ray im Schlafzimmer verschwand, wandte sich Sevy an den Mann vor ihrer Wohnungstür. »Ich habe Sie nicht angerufen und hierher bestellt.«

»Ich habe einen eindeutigen Auftrag bekommen, der sehr gut bezahlt wurde«, wich der Callboy aus. »Doch ich denke, jetzt gibt es für mich hier nichts mehr zu tun.« Mit einem anzüglichen Zwinkern pfiff er Sevy nochmal zu. »Schade eigentlich. Das mit uns hätte heute richtig heiß werden können.«

»Lasst euch bloß nicht stören«, antwortete Ray, der plötzlich hinter Sevy stand. Er bahnte sich verärgert den Weg in den Hausflur und verschwand wortlos aus dem Haus und aus Sevys Hoffnungen.

»Also, für das viele Geld, was ich bekomme habe, ist auch noch eine romantische halbe Stunde drin«, spielte der Callboy erneut auf sein Angebot an.

Mit »Bitte gehen Sie und kommen Sie niemals wieder zu mir« schloss Sevy ihre

Wohnungstür, ehe die Tränen über ihre Wangen liefen.

Nach zwei Nächten voller verwirrender Albträume betrat Sevy am Montag zum ersten Mal nach Marina die Praxis. Ihr Körper fühlte sich an, als hätte sie mit einer schweren Grippe zu kämpfen. Doch Sevy wusste, mit wem sie tatsächlich in ihrem Inneren stritt: mit den Erklärungen der für sie unbegreifbaren Entwicklungen in den letzten Wochen.

»Du siehst krank aus, Sevy.« Marina konnte nur mit Mühe ihre Freude im Gesicht unterdrücken.

»Dann sollte ich mir wohl neues Make-up kaufen. Es sollte eigentlich alle Spuren des Samstags verdeckt haben«, versuchte Sevy zu scherzen.

»Ray also wieder!«, stöhnte Marina. »Das hätte ich mir denken können.«

»Ja. Also, nein, eigentlich nicht Ray.«

»Was ist passiert?«, fragte Marina, während sie die beiden Computer am Patientenempfang hochfuhr und die Kundenkarteien demonstrativ von links nach rechts schob.

»Ich weiß nicht, ob ich es dir jetzt und hier erzählen sollte. Lass uns bitte bis heute Mittag warten. In der Mittagspause, wenn wir in unserem Angestelltenzimmer sind, erzähle ich dir alles.« Sevy wollte keineswegs, dass der Doktor oder womöglich sogar Patienten von dem Besuch eines Callboys erfuhren.

Marina, die im Grunde schon wusste, wie Sevys Abend ungefähr verlaufen sein musste, zeigte freundschaftliches Verständnis: »Ich warte gerne, bis für dich der richtige Moment gekommen ist, mir davon zu erzählen.«

Nachdem Marina in der Mittagspause an dem kleinen viereckigen Holztisch des Angestelltenzimmers in der Praxis Platz genommen hatte, setzte sich auch Sevy dazu. Marina holte ihr Eiweißshakepulver mit der Geschmacksrichtung Erdbeere aus ihrer Tasche und schüttete es in das Glas mit Wasser, das vor ihr stand. Sie beneidete Sevy, die in stressigen Zeiten keinen Appetit mehr verspürte und das Essen automatisch reduzierte. Sevy war zierlich und würde es vermutlich mit ihrer gewichtsfreundlichen Art auch immer bleiben. Marina dagegen kämpfte stets mit ihrem Gewicht. Es pendelte sich nach einer erfolgreichen Diät auf 53 Kilogramm ein, um dann bei Kummer, Zeitdruck oder Ärger sehr schnell die 60-Kilogramm-Marke zu überschreiten.

»Du willst abnehmen?«, erkundigte sich Sevy, als sie sah, wie ihre Freundin das Pulver in das Wasser einrührte.

»Ich lege immer mal wieder einen Eiweißshaketag ein. Das hält mich fit und mir geht es die Tage danach erheblich besser«, wich Marina der Frage aus. Sie wollte es auf keinen Fall riskieren, dass Sevy glaubte, sie würde für einen Mann abnehmen wollen. Dennoch war es so. Nachdem sie Sevy und Ray am vorangegangenen Samstag vermutlich endgültig auseinandergebracht hatte, würde der Weg für sie frei sein. Marina wollte Ray - um jeden Preis. Er war ein höchst attraktiver Mann und sie würde ihm schon etwas bieten müssen, wenn er mit ihr zusammenbleiben sollte. Marina bildete sich ein, dass er sie wegen einen paar Kilogramm zu viel auf den Hüften am Weiberfastnachtdonnerstag zurückgewiesen hatte. Ray hatte Sevy vermutlich nur bevorzugt, da sie sehr schlank war und daher seinen Beschützerinstinkt hervorlockte. Marina konnte sich nicht vorstellen, dass er den ruhigen, soliden und geradezu langweiligen Charakter ihrer Freundin so anziehend finden könnte.

Sevy reagierte nicht auf Marinas fadenscheinige Erklärung zu ihrem Eiweißdrink, zumal ihre Freundin immer wieder mal eine neue Diätform mit nur kurzfristigem Erfolg ausprobierte.

»Magst du mir jetzt erzählen, was am Samstag mit Ray passiert ist?«, fragte Marina nach, bevor sie einen großen Schluck ihres Diätgetränkes nahm, in dem das Pulver noch immer unangenehme Klümpchen bildete. Marina verzog das Gesicht, denn die Pulverklumpen waren trocken, extrem süß und erinnerten sie eher an die ekligen Maden der letzten Dschungelshow im Fernsehen.

»Ich kann noch immer nicht fassen, was passiert ist«, begann Sevy zögernd ihre Schilderung. »Zwischen Ray und mir lief alles fantastisch und direkt danach...«

»Wonach?«, fragte Marina erschrocken nach. Eifersucht stieg in ihr hoch.

»Nachdem wir uns versöhnt hatten - im Bett - du weißt schon, was ich meine, da stand ein Callboy vor meiner Tür.« Sevy war die innere Verwirrtheit noch immer anzumerken. Sie stammelte und schüttelte bei ihrer Erzählung dauernd ungläubig den Kopf.

»Danach?«, fragte Marina nochmal nach. Mist, warum hatte der Callboy sich nicht beeilt und verhindert, dass sich Ray und Sevy doch so nahekommen konnten?

»Ja. Der Callboy läutete und klopfte aufdringlich an meiner Wohnungstür und rief nachher im Hausflur, dass ich ihn doch bestellt hätte und aufmachen solle.«

Nun musste sich Marina doch ein schadenfreudiges Lächeln verdrücken.

»Ray machte dann die Tür auf und der Callboy erzählte, dass er mit mir am Samstagabend... du weißt schon, was ein Callboy macht, Marina.«

»Du hast ihn doch nicht etwa tatsächlich bestellt?«, fragte Marina trotz besseren Wissens nach.

»Natürlich nicht«, entrüstete sich Sevy.

»Dann kann es sich nur um einen Irrtum gehandelt haben. Vermutlich hat sich der Mann in der Adresse vertan«, spielte Marina ihr Spiel mit Sevy.

»Das habe ich auch erst gedacht. Aber er sprach mich mit Namen an und sagte, er wäre jeden Samstag bei mir. Ich verstehe einfach nicht, was das sollte.« Mühsam hielt Sevy die Tränen zurück.

»Hast du vielleicht einen aufdringlichen Verehrer, der dich stalkt und verhindert wollte, dass du mit einem anderen Mann zusammenkommst?«, fragte Marina und schaute Sevy mitleidig an.

»Nein, das glaube ich nicht. Von diesem Verehrer hätte ich schon etwas gemerkt haben müssen.«

»Dann gibt es leider nur noch eine Erklärung dafür, so leid es mir tut, Sevy...« Marina schaute Sevy an.

»Was für eine?«

»Wenn es kein Verehrer von dir war und du den Callboy auch nicht bestellt hast, kann es nur...« Marina machte eine bedeutungsvolle Pause.

»Nun sag schon!«, drängte Sevy mit tonloser Stimme.

»...dann kann es eigentlich nur Ray gewesen sein.« Marina lehnte sich zufrieden in ihrem Stuhl zurück, während sie den letzten tiefen Schluck ihres Eiweißshakes zu sich nahm. Doch ihrer Kollegin fiel die selbstzufriedene Haltung nicht auf. Sevy war zu sehr in ihrem wirren Gedanken gefangen.

»Warum sollte Ray mir einen Callboy schicken und mich dann wegen ihm wütend verlassen?«

»Ach Sevy, du naives Lamm. Die meisten Männer wollen nur ihren Spaß, aber keine Verpflichtungen oder eine Frau, die sich an sie binden will. Durch den Callboy vor deiner Tür verschaffte er sich einen schnellen Abgang DANACH und gleichzeitig seine Freiheit. Obwohl du keine Schuld hast, quält dich ein schlechtes Gewissen, weil er offensichtlich denken muss, dass du solch eine unmoralische Frau bist.« Marina wartete einen Moment.

Sevy nickte. »Das ergibt langsam einen Sinn, Marina, obwohl ich nicht glauben kann, dass Ray zu solch einem bösartigen Plan überhaupt in der Lage ist.«

»Dann sage mir, wer sonst etwas davon hätte, dass plötzlich ein gebuchter Callboy vor deiner Tür steht, während du Männerbesuch hast.« Marina wartete gespannt. Würde Sevy jetzt doch ahnen, dass besonders ihre vermeintlich beste Freundin ein Motiv gehabt hätte?

»Du hast Recht, Marina.« Sevy schluckte. »So schnell, wie Ray dann verschwunden ist, schien es tatsächlich eine erleichterte Flucht gewesen zu sein.«

»Ich habe dir doch gesagt, dass dieser Mann nur Kummer und Schmerz bringt. Deswegen habe ich seine Einladung sofort abgelehnt.

Diese Männer taugen einfach nichts.« Während Sevy fast in Tränen ausbrach, war Marina überglücklich. Besser hätte es gar nicht laufen können, von der Kleinigkeit abgesehen, dass Sevy und Ray sich wohl schon sehr nahegekommen waren. Dies war jedoch Vergangenheit und Marina hatte jetzt endlich freie Bahn bis direkt in die Arme von diesem Traummann.

## KAPITEL 22

Sevy litt unter dem Unverständnis für Rays grausame Handlungsweise. Sie konnte aber auch sich selbst nicht verstehen. Obwohl er ihr so viel Schlimmes angetan hatte, wollte sie Ray nicht vergessen. Seine warmen, offenen Augen und sein voller Widersprüche steckender Charme verfolgten sie in ihren Träumen.

Sevy ahnte nicht, dass auch Ray sie in seinen Träumen festhielt. Nachdem seine Entrüstung und seine erste Wut verraucht waren, ärgerte er sich, sie so fluchtartig verlassen zu haben. Sevy war eine besondere Frau, auch wenn sie ihn immer wieder mit Absagen und ihrer zweifelhaften Moralvorstellungen verletzte. Dennoch konnte er Sevy nicht einfach vergessen.

Während Ray versuchte, sich mit besonders viel Arbeit von dem Trennungsschmerz abzulenken, wurde Sevy immer müder. Bald schon musste sie in den Mittagspausen einen Spaziergang machen, um am Nachmittag wenigstens noch halbwegs konzentriert Rezepte ausstellen zu können.

Ihr Arbeitgeber Herr Dr. Reuter bemerkte, dass Sevy sich viel mehr Kaffee aufbrühte als zuvor, und holte sie nach einigen Wochen an einem ruhigen Freitagvormittag in sein Sprechzimmer. »Frau Bambach, ich habe in der letzten Zeit beobachtet, dass Sie viel mehr Kaffee als früher trinken. Sie wissen doch, dass man es mit dem Koffein nicht übertreiben sollte?«

»Sie haben absolut Recht, Herr Dr. Reuter, aber ich muss irgendeine Krankheit ausbrüten. Seit einiger Zeit schon bin ich müder als sonst, obwohl ich manchmal sogar zehn Stunden in der Nacht schlafe.«

Herr Dr. Reuter schaute sie forschend an. »Ich kann mich natürlich irren, aber sie haben den Blick einer Frau, die etwas anderes als eine Krankheit ausbrütet, wenn ich Ihre Wortwahl mal übernehmen darf.«

»Was meinen Sie?«, fragte Sevy erschrocken, obwohl sie schon ahnte, worauf ihr Chef hinauswollte.

»Sie können gerne heute Nachmittag zu ihrem Frauenarzt gehen und sich untersuchen lassen, ob sie schwanger sind. Wenn Sie es wünschen, können wir aber auch in meiner Praxis einen Schwangerschaftsschnelltest durchführen. Ich als praktischer Arzt habe auch einen solch zuverlässigen Test hier.«

Sevy erschrak. Sie könnte schwanger sein - von dem einen Mal mit Ray? »Gerne würde ich ihn gleich hier machen. Ich brauche Gewissheit. Was soll ich bloß machen, wenn ich schwanger bin?« Verzweifelt sah Sevy ihren Chef an.

»Sie sollten es dann erst einmal dem Vater des Kindes mitteilen. Mit ihm zusammen werden Sie schon eine Lösung finden. Aber machen Sie sich noch keine Sorgen, ehe das Ergebnis feststeht. Dann lassen Sie uns mal eben in das Labor gehen.«

Während Sevy nervös auf das Ergebnis des Schwangerschaftstestes wartete, versuchte sie sich fieberhaft daran zu erinnern, wann sie ihre letzte Periode gehabt hatte. Die Begegnung mit Ray lag schon über zwei Monate zurück. Sevy konnte sich kaum noch an die Zeit danach erinnern. Warum hatte sie Ray auch nicht gesagt, dass sie keine Pille nahm? In dem Strudel der Ereignisse an diesem Samstag hatte sie sich ihm zu sorglos hingegeben.

Während Sevy begann, sich ihren Selbstvorwürfen hinzugeben, erschien Herr

Dr. Reuter mit dem Testergebnis im Labor. »Nun ja, Frau Bambach, normalerweise würde ich Ihnen jetzt gratulieren. Da ich aber den Eindruck gewonnen habe, dass Sie sich nur über ein negatives Ergebnis freuen, kann ich Ihnen leider keine gute Nachricht übermitteln. Sie sind definitiv schwanger.« Herr Dr. Reuter legte seine Hand auf ihren Arm.

Diese Nachricht war zu viel für Sevy. Sie dachte an Ray, der offensichtlich keine Bindung wollte. Sie dachte an ihre Arbeitsstelle, die sie als Alleinerziehende mit Baby nicht mehr würde ausüben können. Sie dachte an das Abitur und ihre großen beruflichen Pläne, die jetzt von Ray vereitelt worden waren. Nein, nicht von Ray, sondern von ihr selbst. Sevy konnte diesmal keinem anderen die Schuld für ihre ausweglose Lage geben - außer sich selbst. Ihre Beine wurden weich, alles drehte sich. Bevor es schwarz um sie herum wurde, fühlte sie noch, dass starke Arme sie festhielten.

## KAPITEL 23

Als Sevy wieder ihre Augen öffnete, schaute sie sich verwirrt um. Sie befand sich nicht mehr in der allgemeinmedizinischen Praxis von Herrn Dr. Reuter. Sevy lag auf einer Liege oder einem Bett. Sie starrte an eine weiße Decke. Wo war Sevy? Langsam erinnerte sie sich daran, dass sie ohnmächtig geworden war. Sevy vermutete, dass Herr Dr. Reuter sie daraufhin in ein Krankenhaus eingeliefert hatte.

Als sich Sevy ruckartig aufsetzen wollte, wurde ihr schwindelig und übel. Sevy stöhnte kurz auf und konnte sich gerade noch auf die Seite drehen, ehe ihr Mageninhalt auf den grau-beige marmorierten Pegulanboden herunter spritzte.

»Hier haben Sie eine Nierenschale - für das nächste Mal«, sagte eine junge, männliche Stimme und sie sah im rechten Augenwinkel, wie ihr eine Pappschale hingehalten wurde.

»Danke!«, hustete Sevy und legte sich wieder auf das Bett zurück. »Es tut mir leid!«, krächzte sie noch. Vor ihr stand ein junger Pfleger, der ihr lächelnd ein Einwegtuch hinhielt. Aha, sie war also tatsächlich in einem Krankenhaus. Dunkel erinnerte sie sich an ihre Ohnmacht.

»Es muss Ihnen nicht leidtun. Wenn man schwanger ist und sich überanstrengt, kann so was schon mal passieren«, sagte der Pfleger und wies auf den verunreinigten Boden. »Ich bringe Ihnen gleich eine leichte Mahlzeit und etwas zu trinken, dann geht es Ihnen bald besser. Ich wische nur eben noch vorher über den Boden.«

»Soll ich nicht...«, bot Sevy schuldbewusst an.

»Nein, Sie sollen nicht! Sie bleiben brav im Bett«, grinste der Pfleger und ging schnellen Schrittes zur Tür heraus.

Sevy legte ihre Hände auf ihren Bauch. Nun war sie schwanger - mit Rays Kind. Liebe durchströmte sie. Auch wenn Ray es nicht wollte - es war ihre Tochter oder ihr Sohn. Sie liebte ihr Kind in ihrem Bauch schon jetzt. Irgendwie würde es schon für sie beide weitergehen, auch wenn sie keine Ahnung hatte, wie ihre Zukunft aussehen würde.

Seit Monaten zum ersten Mal schlief Sevy ruhig, denn sie hatte wieder einen Sinn in ihrem Leben gefunden. Sie musste stark und gesund für ihr Baby bleiben - Rays Baby. Da spürte sie eine zarte Hand auf ihrem Unterarm, die sie weckte.

»Sevy, bist du wach?«

Sevy öffnete mühsam die schweren Augenlider und erkannte Marina. Es war dämmrig im Krankenzimmer. »Hey Marina, wie spät ist es?«

»Es ist kurz nach sechs Uhr am Freitagabend. Ich wollte dich noch früher besuchen, aber da ich jetzt in der Praxis für dich mitarbeiten muss, hat es leider länger gedauert«, berichtete Marina mit einem leichten Vorwurf in ihrer Stimme.

»Es tut mir leid«, sagte Sevy heute schon zum zweiten Mal, doch diesmal meinte sie es nicht wirklich so. Sie bedauerte nicht mehr, schwanger zu sein, sondern sie empfand Freude darüber.

»Ich weiß nicht, wann ich aus dem Krankenhaus entlassen werde. Vielleicht musst du auch noch Anfang der Woche die Praxisarbeit ohne mich schaffen«, überlegte Sevy.


»Das geht schon«, sagte Marina plötzlich mitfühlend. »Ruh' du dich erst einmal aus.«

Müde strich Sevy über ihren Bauch, in dem nun ein wertvolles Wesen heranwuchs.

»Willst du dein Baby wirklich bekommen?«, fragte Marina nahezu ein wenig hoffnungsvoll.

»Natürlich!«

»Du weißt, dass Ray dich nicht unterstützen wird und mit Sicherheit auch nicht Vater werden will«, mahnte Marina eindringlich.

»Das ist mir klar«, stimmte Sevy zu, obwohl sie sich nicht sicher war, ob es Ray wirklich kalt lassen würde, ein Kind zu haben.

»Sevy, du musst arbeiten. Du kannst nicht dein Kind versorgen und arbeiten gehen. Deine Eltern wohnen weit weg und du hast keine sichere Betreuungsmöglichkeit für dein Baby. Überlege dir bitte nochmal, ob eine Abtreibung nicht wirklich besser für dich und dein Kind wäre.« Marina ereiferte sich. Sie wollte nicht, dass ein gemeinsames Kind Ray und Sevy nun doch noch verbinden könnte.

»Ich will Rays Kind nicht abtreiben«, entgegnete Sevy leise.

»Es geht jedoch nicht nur um deine Wünsche, sondern auch um das Beste für dein ungeborenes Baby. Überlege es dir daher gut, was du dir und vor allem auch Rays Kind zumuten willst.«

Sevy stöhnte auf. »Ist gut, Marina, ich denke nochmal genau darüber nach.« Sevy war müde und hatte keine Lust, sich bedrängen zu lassen. Sie würde noch einmal darüber nachdenken, konnte sich aber nicht vorstellen, zu einem anderen Ergebnis zu kommen. Sie wollte ihr jetzt schon geliebtes Baby nicht töten.

»Das soll ich dir noch vom Doktor geben.« Marina überreichte Sevy einen bunten Blumenstrauß und einen Brief.

»Das ist aber lieb von ihm!« Sevy war sehr überrascht.

»Warte doch ab, was in dem Brief steht, ehe du dich freust. Nachher steckt deine Kündigung im Briefumschlag«, lachte Marina.

Sevy öffnete den Briefumschlag und zog den gefalteten Zettel heraus. Sie las:

»Liebe Frau Bambach,

ich bedaure, dass Ihre Lebensumstände momentan nicht zulassen, dass Sie sich bedenkenlos über Ihr Baby freuen können. Wenn ich dazu beitragen kann, eine Lösung für Sie beide zu finden, lassen Sie es mich bitte wissen.

Bitte berücksichtigen Sie, dass Ihnen Ihre Arbeitsstelle in meiner Praxis sicher ist. Sie waren stets eine loyale, einsatzbereite Mitarbeiterin. Zögern Sie auch nicht, sich für den Erziehungsurlaub zu entscheiden oder mit mir über geänderte Arbeitszeiten zu sprechen.

Im Moment wünsche ich Ihnen erst einmal viel Kraft und eine schnelle Genesung.

Als Arzt verordne ich Ihnen Ruhe, bis Sie tatsächlich wieder stark genug sind, dem Praxisstress gewachsen zu sein.

Mit freundlichem Grüßen
Dr. Laurenz Reuter«

Sevy traten Tränen in die Augen. Gehörte es bei Schwangeren etwa auch dazu, dass sie ständig in Tränen auszubrechen drohten? Sie hatte nicht nur Pech im Leben gehabt. Ihr eigener Arbeitgeber sorgte sich um sie und wollte ihr helfen. Ihre Arbeitskollegin und beste Freundin besuchte sie bereits ein paar Stunden nach einem Schwächeanfall im Krankenhaus. Einen Moment lang fühlte sich Sevy warm umsorgt und nahezu glücklich.

Als Marina das Krankenhaus verließ, war sie bestens gelaunt. Sie konnte jetzt prahlen, dass sie die Praxisarbeit auch ohne eine zweite Kraft hervorragend bewältigt hätte. Vielleicht könnte dies den besonderen Stand von Sevy bei ihrem Chef ein wenig schwächen. Jetzt würde Marina diejenige sein, die zuverlässig anwesend war und Leistungen brachte. Sevy könnte in den nächsten Wochen nicht mehr morgens die Erste und abends die Letzte sein, die die Praxis verließ.

Zudem war Sevys Krankenhausaufenthalt auch ein echter Glücksfall für ihre Wochenendplanung. Nachdem Marina erst geduldig abgewartet hatte, bis sich die Wogen um Ray und Sevy ein wenig gelegt hatten, war es nun an der Zeit, sich Ray aktiv zu angeln. An diesem Wochenende fand die Science-Fiction-Messe statt, zu dem er Sevy hatte einladen wollen. Sevy hatte so häufig davon erzählt, dass Marina zu guter Letzt doch befürchtet hatte, sie würde schließlich sogar ohne Ray dorthin gehen. Nun, da Sevy im Krankenhaus lag, konnte sie Marina und ihren Plänen an diesem Wochenende nicht mehr in die Quere kommen.

Marina hatte sich schon vor zwei Wochen ein Wochenendticket für diese Messe mit einer Übernachtung gekauft. Zusammen mit dem ebenfalls für sie zu teuren Bahnticket sprengten die Ausgaben bei Weitem ihr monatliches Budget, das sie zur Verfügung hatte. Marina hatte jedoch schon lange für einen Führerschein gespart. Auf diese Ersparnisse konnte sie jetzt zurückgreifen. Ray war ihr wichtiger und auch diese Messe. Sie war die einzige, risikolose Chance, mit ihrem Traummann Kontakt aufzunehmen. Dann musste der Führerschein halt eben noch ein halbes Jahr länger auf sich warten lassen.

Zwei Tage hatte Marina dort Zeit, Ray in diesem Menschenrummel zu finden und ihn für sich zu interessieren. Dank der Eiweißdiät hatte sie einige Kilos abgenommen und mit einem großzügig ausgeschnittenen, feschen Kleid würde sie ihrem Ziel, dem Mann ihrer Träume für sich zu gewinnen, mit Sicherheit ein großes Stück näherkommen.

## KAPITEL 24

Jetzt musste Marina nur noch dafür sorgen, dass Sevys Baby nicht wieder Ray und Sevy miteinander verband. Ihr war klar, dass sich Ray seiner Verantwortung als Vater kaum entziehen würde.

Marina drehte sich kurz entschlossen um und lief sicheren Schrittes in das Krankenhaus zurück. Mit einem ernsten Gesichtsausdruck stand sie vor dem Schwesterzimmer auf der Station, in der Sevy lag.

»Kann ich etwas für Sie tun?«, fragte eine Schwester gleichgültig, nachdem sie von ihrer Krankenakte aufblickte, die sie gerade durchgeblättert hatte.

»Ich bin die beste Freundin von Frau Severina Bambach und weiß nicht, was ich tun soll.«

Nun wurden die Augen der Schwester interessierter und sie fragte: »Droht Frau Bambach etwa damit, sich umbringen zu wollen? Wir wissen, dass sie mit ihrer momentanen Situation ein wenig überfordert ist.«

Marina grinste innerlich. Es lief besser, als sie gedacht hatte. »Nein, das hat sie so direkt nicht gesagt, aber ich kenne sie schon viele Jahre und mache mir daher große Sorgen um sie. Ich habe sie vorhin jedoch überreden können, unter diesen Umständen über eine Abtreibung nachzudenken. Der Vater des Babys wird sich nicht um sie oder sein Kind kümmern - sie hatten nur eine flüchtige Affäre. Frau Bambach hat auch keine Verwandten in der Nähe, die sie unterstützen könnten. Daher wollte ich Sie bitten, vielleicht eine Beraterin oder Psychologin zu ihr zu schicken, damit Frau Bambach die richtige Entscheidung für sich und das Baby treffen kann.«

Die Schwester nickte. »Sie befürchten, dass Frau Bambach mit dem Kind als alleinerziehende Mutter nicht zurechtkommen wird?«

Marina schaute zu Boden und nickte dann. »Sie braucht ihren Job zum Überleben und hat außer mir keine Hilfen. Ich bin aber auch berufstätig.«

»Ich danke Ihnen für den Hinweis. Ich denke, unsere Klinikpsychologin Frau Neumann wird noch heute bei ihr vorbeischauen.« Für die Schwester war das Gespräch hiermit ganz offensichtlich beendet.

Sie wandte sich wieder ihrer noch ausgeklappten Patientenakte zu.

Marina verschwand mit einem leisen »Danke!«. Sie war sicher, dass das Thema »Rays Baby« sich bald erledigt haben würde. Sevy war im Moment sehr durcheinander, sei es nun durch die Hormonumstellung, den Liebeskummer oder der schwierigen momentanen Situation, in der sich Sevy befand. Sie würde einen gut gemeinten Rat einer Psychologin sicher beherzigen. Marina hoffte, dass Frau Neumann ihr den »richtigen« Rat geben würde. Sie hatte ihr Möglichstes dazu getan.

Schon eine Stunde später erschien Frau Neumann bei der bereits wieder eingeschlafenen Sevy.

Mit »Frau Bambach, ich bin Frau Neumann und möchte gerne einen Moment mit Ihnen sprechen« versuchte sie, die werdende Mutter zu wecken.

Aus einem tiefen Albtraum, in dem Sevy zusehen musste, wie man ihr das Baby wegnahm, kehrte ihr Bewusstsein langsam wieder in das Krankenzimmer zurück.

»Lassen Sie sich Zeit mit dem Wachwerden. Schwangere Frauen schlafen erfahrungsgemäß immer sehr tief, wenn ihr Baby nicht gerade im Bauch strampelt.« Frau Neumann zog sich einen Stuhl heran und setzte sich aufrecht vor Sevys Bett.

»Es geht schon. Zum Glück haben Sie mich geweckt. Ich hatte gerade einen schrecklichen Albtraum«, erzählte Sevy noch mit belegter Stimme.

»Nur für den Fall, dass Sie es vorhin nicht mitbekommen haben: Ich bin Frau Neumann, die Klinikpsychologin.«

»Psychologin? Warum kommen Sie zu mir?« Sevy war etwas verwirrt.

»Ich werde routinemäßig immer zu Frauen geschickt, die gerade von ihrer Schwangerschaft erfahren haben. Mit einem Baby ändert sich das ganze Leben und somit auch die eigene Lebensplanung oft grundlegend. Es ist gut für die werdende Mutter, dann darüber reden zu können und zu überlegen, wie es weitergehen soll.«

Sevy zuckte zurück. »Sie wollen mit mir doch nicht über eine Abtreibung reden?«

»Eine Abtreibung ist eine von vielen Möglichkeiten, die Ihnen zur Verfügung stehen. Aus Ihrer Reaktion schließe ich, dass

Sie das Baby behalten wollen?« Frau Neumann war schon schätzungsweise Mitte vierzig und strahlte Wärme und Vertrauen aus.

»Ja, ich würde schon gerne.« Sevy nickte langsam.

»Höre ich da ein Wanken?«

»Nun ja, die Situation ist schwierig. Ich muss arbeiten, bin alleinstehend und der Vater des Kindes wird sich höchstwahrscheinlich weder für sein Kind noch mich interessieren.« Sevy sprach mehr vor sich hin als zur Psychologin.

»Das ist eine sehr schwierige Situation für Sie. Solange Ihr Kind noch jung ist, gibt es eine gesicherte Versorgung vom Staat, wissen Sie das?«

»Nein, ich habe mich noch nicht erkundigt. Ich habe vor ein paar Stunden erst erfahren, dass ich schwanger bin«, erklärte Sevy.

»Wenn das Kind etwas älter ist, gibt es Kinderhorte oder auch Ganztagsbetreuungen in Schulen, wenn Sie arbeiten gehen wollen oder müssen.« Frau Neumann wollte Sevy Mut machen, indem sie ihr die vielen Möglichkeiten aufzählte, aber Sevy fühlte sich immer erschlagener.

»Die guten Kinderhorte gelten als überfüllt. Zudem dürfte es oft schwierig sein, die eigenen Arbeitszeiten an die Öffnungszeiten dieser Kinderbetreuungen anzupassen«, stöhnte Sevy. Sie sah bereits eine Lawine von Problemen auf sich zurollen.

»Der Vater Ihres Babys muss auch eine Zeit lang für Sie und in jedem Fall für sein Kind zahlen, sofern er berufstätig ist.« Frau Neumann schaute Sevy fragend an.

»Ja, er ist Vertriebsleiter und verdient seiner eigenen Aussage nach sehr gut.«

»Das wären die Möglichkeiten, die Ihnen zur Verfügung stehen, um ihr Kind zu behalten. Sollten Sie sich diesem Weg mit dem Kind jedoch nicht gewachsen fühlen, können Sie es bis zum dritten Monat abtreiben.« Frau Neumanns Stimme wurde leiser, als sie sah, dass Sevy nickte. »Wollen Sie das?«, fragte die Psychologin daher nach.

»Ich fühle mich überrollt von all dem hier. Bis vor ein paar Stunden habe ich mir noch nie Gedanken über die Probleme von Müttern gemacht und den rechtlichen Ansprüchen auf Geld. Ich habe immer selbst für mich gesorgt und wollte jetzt sogar das Abitur nachholen, um dann zu studieren.« Sevy fühlte sich wie eine Fahne, die im übermächtigen Wind hin- und hergezogen wurde.

»Dann passt ein Kind wohl nicht in ihre Lebensplanung?« Frau Neumanns Gesicht wurde ernst.

»Eigentlich nicht«, bestätigte Sevy.

»Ich kann Ihnen natürlich eine Bescheinigung ausstellen, dass Sie von mir beraten wurden und Sie dennoch den Schwangerschaftsabbruch wünschen. Mit solch einer Beratungsbestätigung können Sie dann die Abtreibung bis zum dritten Monat durchführen lassen. Möchten Sie, dass ich Ihnen diese Bescheinigung ausstelle?« Frau Neumann schaute Sevy an.

Sevy reagierte nicht. Sie versuchte sich vorzustellen, wie schön es wäre, wenn ihre Schwangerschaft einfach nicht mehr existierte.

Da Sevy nicht antwortete, sprach die Psychologin leise weiter: »Eine andere Alternative wäre, dass Sie Ihr Kind zur Adoption frei geben, wenn es geboren ist. Es gibt viele Paare, die aus verschiedensten Gründen keine Kinder bekommen können, aber sicher sehr gute Eltern wären. Sie würden Ihr Kind liebevoll aufziehen.«

Sevy schluckte. Sie fühlte sich mit Informationen überschüttet und sie fühlte noch etwas: einen extrem schmerzhaften Stich im Herzen. Nein, es war ihr Baby und sie würde eher hungern, als es wieder herzugeben. Sevy spürte eine tiefe Liebe zu dem kleinen Wesen in ihrem Bauch.

Sevy schüttelte sich. »Vielen lieben Dank, Frau Neumann, für Ihre Informationen und Ihre Mühe. Ich will mein Kind nicht abtreiben und nicht zur Adoption frei geben. Andere alleinerziehende Mütter schaffen es auch und ich werde mich schon mit meinem Baby durchschlagen.«

Frau Neumanns Gesichtsausdruck wurde weich und zeigte ehrliche Freude: »Genau das wollte ich von Ihnen hören. Ich bin mir sicher, Sie werden es schaffen.«

## KAPITEL 25

Aufgeregt und hochgestylt, als sei sie selbst ein ersehnter Stargast, betrat Marina am Samstagmorgen kurz nach der offiziellen Eröffnung die Science-Fiction-Veranstaltung. Menschenmassen strömten durch den schmalen Eingang, wobei die meisten der Gäste nicht mehr wie Erdenbewohner aussahen. Viele der Besucher waren aufwändig geschminkt und verkleidet. Sie wollten jeweils eine außerirdische Rasse aus den Science-Fiction-Filmen repräsentieren. Obwohl sich Marina in der letzten Woche über die Stargäste und deren Filme im Internet kundig gemacht hatte, fehlte ihr zu viel Wissen und die Begeisterung für diese Art von Filmen, um die kostümierten Menschen den Filmen oder Außerirdischen zuordnen zu können. Sie hoffte nur, dass es Ray nicht auffallen würde, wenn sie ihn in dem Rummel hoffentlich auch träfe.

Die Veranstaltungsfläche war riesig. In Sälen und Nebenräumen wurden Waren und Fanartikel angeboten und die Stimmung war schon jetzt am frühen Morgen ausgelassen gut und freundschaftlich. Marina checkte sich erst einmal in ihrem Hotel ein und begab sich dann auf den Rundgang. Sie genoss sehr bald schon die Faszination dieser besonderen Welt. Marina wurde häufig von kostümierten Männern umarmt und angesprochen. Einige Male bat man sie, Fotos von einer Gruppe zu schießen. Marina hätte diese besondere Veranstaltung in vollen Zügen genießen können, wenn sie nicht ständig auf der Suche nach ihrem Traummann gewesen wäre. Ihre Blicke hefteten sich an jeden Mann, der in etwa die Statue und Haarfarbe von Ray aufwies.

Nach einigen Stunden wurde eine Veranstaltung in einem großen Saal ausgerufen. Einige der Stargäste würden auf der Bühne sitzen, interessante Gegebenheiten von den Filmdrehs erzählen und Fragen der Besucher beantworten. Auch Marina schloss sich der in diesen Saal stürmenden Menschenmasse an. Obwohl jeder der Gäste feste Sitzplätze hatte, wurde gedrängelt. Schließlich würde man den aus den vielen Folgen der Zukunftsfilmen vertrauten Schauspieler endlich in natura sehen können. Auch Marina war aufgeregt. Die Besucher sehnten sich nach ihrem Traumstar in Fleisch und Blut. Würde auch sie ihren ersehnten Traummann Ray hier endlich finden?

Als die Besucher jedoch den Saal erst einmal betreten hatten und sie die Bühne sehen konnten, hörte das Gedrängel schlagartig auf. Stattdessen blieben sie stehen und bestaunten das Geschehen und die Personen auf der Bühne. Überall standen Menschen auf den Gängen und Marinas Sicht wurde erheblich eingeschränkt. Sie wurde nervös.

»Setzen Sie sich bitte, die Schauspieler werden gleich beginnen«, brachte der Moderator, der auf der Bühne stand, die Menschenmassen wieder in eine zielgerichtete Bewegung.

Endlich hatte auch Marina ihren Platz gefunden, die Besucher setzten sich und die Gänge wurden leer. Nun war die Sicht so weit frei, dass Marina nach Ray suchen konnte. Da vorne, einige Plätze weiter rechts in der dritten Reihe, saß ein Mann, der Rays Frisur, Haarfarbe und Schultern hatte. Mehr konnte Marina von hinten nicht entdecken. Inzwischen hatte der Moderator angefangen, die Stargäste vorzustellen, sodass es unmöglich war, einfach »Ray« in die Menge zu rufen, um ihn zum Umdrehen zu bewegen.

Der Moderator redete endlos, so wie es Marina erschien. Dann erzählten die Stargäste in englischer Sprache von ihren Drehs und lustigen Vorkommnissen. Marina verstand sie gut und hätte die Show höchst unterhaltsam gefunden, wenn ihr Blick nicht immer auf den Mann in der dritten Reihe fixiert gewesen wäre. Wie würde sie ihn dazu bekommen, sich umzudrehen, um festzustellen, ob es wirklich Ray war?

Nun konnte den Stargästen Fragen gestellt werden und zwei Angestellte gingen mit Mikrofonen an langen Stäben durch den Raum, die sie den fragenden Fans vor den Mund hielten. Plötzlich kam einer von ihnen auf Marina zu. Sie erschrak. Sie hatte sich doch nicht gemeldet?

Doch die Stange mit dem Mikrofon wurde knapp an ihr vorbei geschwenkt und sie hörte hinter ihr eine männliche Stimme fragen: »Have you ever had sex with a fan, Brisa?« Der weibliche Stargast, an den die peinliche Frage gestellt worden war, ob sie jemals mit einem Fan geschlafen hätte, schnappte nach Luft.

Viele Gesichter drehten sich nach dem dreisten Fragenden um, unter anderem auch das von dem Mann in der dritten Reihe. Marina stockte der Atem. Es war tatsächlich Ray. Doch Ray hatte auch sie wiedererkannt, da sie sich direkt in der Reihe vor dem Besucher befand, der es gewagt hatte, eine solch unmoralische Frage zu stellen.

Ray wirkte erstaunt, winkte Marina aber freundlich zu. Sie winkte aufgeregt zurück. Der erste Meilenstein zu ihrem Ziel war erreicht. Sie hatte Ray gefunden.

Als die Veranstaltung zu Ende war, stürmten viele der Besucher nach vorne zur Bühne, um noch Fotos zu machen oder einen Satz mit den Schauspielern wechseln zu können.

Auch Marina stürmte nach vorne, jedoch nicht zur Bühne, sondern zu Ray, der, noch immer ruhig auf dem Stuhl sitzend, das Geschehen vorne beobachtete.

»Hallo Ray, wie nett, dich hier zu treffen«, begrüßte ihn Marina schnaufend.

»Vermutlich wusstest du doch von Sevy, dass ich hier sein würde. Ist sie auch hier?« Marina ärgerte sich, als sie das hoffnungsvolle

Aufblitzen in Rays hellblauen Augen bemerkte.

»Nein, sie ist nicht hier. In ihrem Leben hat momentan eine andere Sache Vorrang.«

»Das kann ich mir denken«, knurrte Ray. »Heute ist wieder Samstag.«

Marina lächelte erleichtert auf. Er hatte die Vorkommnisse mit dem Callboy noch nicht vergessen und Sevy nicht verziehen, was es ihr erleichtern würde, ihm näher zu kommen.

»Ich schaue mir die Messe schon den ganzen Morgen an. Sollen wir nicht zusammen etwas essen gehen?«, schlug Marina daher hoffnungsvoll vor.

Ray schaute sie erstaunt an. »Ich habe keinen Hunger. Vielleicht gehe ich später etwas essen.« Seine Gesichtsmimik wirkte jetzt bedrückt und sogar verärgert. Offensichtlich dachte er an Sevy.

»Ich habe keine Lust, alleine an einem Tisch zu sitzen. Komme doch bitte mit«, bettelte Marina.

»Ich weiß, dass du mich anziehend findest. Das hast du an dem Donnerstag, als ich dich nach Hause brachte, deutlich genug klar gemacht«, wehrte Ray noch immer ab.

»Du unterstellst mir falsche Motive.« Marina schob schmollend die Unterlippe vor. »Ich dachte nur, dass du interessiert bist, etwas von Sevy zu erfahren. Ich bin ihre beste Freundin und könnte dir interessante Neuigkeiten erzählen.« Damit drehte sich Marina um. Sie wusste, dass sie jetzt Rays Interesse geweckt hatte, aber ärgerte sich, dass er offensichtlich von Sevy noch nicht losgekommen war. Dieser Mann war schwer zu knacken. Umso mehr reizte Ray sie jedoch.

»Na gut, du hast mich überzeugt. Lass uns essen gehen!«, stöhnte Ray resigniert.

Schweigend drängelten sie sich durch die Menschen, die noch in den Gängen und vor dem Saal standen, sich unterhielten oder das Geschehen auf der Bühne verfolgten.

Marina stöhnte leise auf. Es würde schwieriger, als sie dachte, mit Ray zusammenzukommen.

Nachdem Ray und Marina in dem überfüllten Restaurant einen Zweiertisch zugewiesen bekommen hatten, wurden ihnen die Speisekarten gereicht. Schweigend sahen sie sich die Aufstellung der angebotenen Menüs an. Erstaunlich schnell erschien der Kellner und Marina konnte ihren Salat und Ray sein Steak mit Pommes frites bestellen.

Langsam beugte sich Ray zu Marina herüber. »So, dann schieß mal los. Was gibt es Neues von Sevy?«

»Ich bin erleichtert, dich hier zu treffen. Ich hatte nämlich keine Anschrift, worüber ich dich hätte kontaktieren können. Vermutlich wird dich Sevy wohl nicht angerufen haben?« Mit unschuldig aufgerissenen Augen schaute Marina Ray an.

»Nein, warum sollte sie mich anrufen?«, fragte Ray ernst nach. »Was ist passiert?«

Marina holte tief Luft. Wie würde er auf ihre Offenbarung reagieren? »Also Ray, Sevy war schwanger und...«

»Was, Sevy ist schwanger? Ich dachte, sie verhütet.« An Rays Stirnfalten war seine Besorgnis deutlich zu erkennen.

»Nein, das hat sie nicht. Ich habe ihr auch schon immer gesagt, dass sie sich nur ausreichend geschützt mit Männern einlassen soll.« Marina nickte wissend. »Mir würde das nie passieren.«

Ray überging ihre letzte Bemerkung völlig. »Das Kind könnte auch von mir sein«, überlegte er und sprang auf. »Ich muss zu Sevy.«

»Das Kind HÄTTE von dir sein KÖNNEN«, betonte Marina.

Ray setzt sich wieder. »Was soll das heißen?«

»Sevy hat sich für eine Abtreibung entschieden. Sie will keine Hausfrau und Mutter werden, sondern lieber ihre berufliche Karriere ansteuern. Wusstest du, dass sie sich bereits zu einem Abendgymnasium angemeldet hat? Sie will ihr Abitur nachholen, um dann Medizin studieren.« Marina war froh, dass Sevy ihr von ihren beruflichen Fantasien in einer ruhigen Stunde erzählt hatte. Nun konnte sie ihre Lüge auch noch glaubhaft mit Sevys Zukunftsplänen begründen.

Ray ließ sich in den Stuhl zurückfallen. »Nein!«, rief er und seine Schultern sanken hinab. »Mein Kind. Die arme Sevy!«

»Wessen Kind es auch war, jetzt ist es zu spät. Außerdem hat Sevy aus egoistischen Motiven abgetrieben. Warum tut sie dir jetzt leid?« Marina verstand Rays verständnisvolle Reaktion nicht.

»Eine Abtreibung ist für jede Frau eine sehr schwere Entscheidung und hat lebenslange psychische Folgen. Sevy muss sehr verzweifelt gewesen sein.«

»Sie war nicht verzweifelt. Sevy war erleichtert, ihr Kind los zu sein.« Marinas Stimme wurde ungeduldig. Sie wollte nicht die ganze Zeit mit Ray über Sevy reden.

»Du willst Sevys beste Freundin sein? Sie ist alleine, muss für ihren Lebensunterhalt Geld verdienen und will ihr Kind nicht in Armut groß werden lassen. Dafür sollte doch eine Freundin wenigstens ein klein wenig Verständnis aufbringen können.« Ray schüttelte den Kopf.

»Dann hätte man vorher besser aufpassen sollen«, murrte Marina. War Ray denn einfach nicht von Sevy abzubringen? Sah Ray denn nicht, was für eine schlechte Frau und Mutter Sevy war - zumindest nach alldem, was Marina initiiert hatte, um sie als solche dastehen zu lassen?

»Du meinst dann sicher, dass auch ich hätte vorher besser aufpassen sollen.« Rays Stimme war eiskalt geworden. »Auch ich habe keine Vorsichtsmaßnahmen getroffen. Ich will Sevy sprechen. Gibst du mir ihre Telefonnummer oder muss ich bei ihr zu Hause vorbeifahren?«

Schweigend schrieb Marina ihm Sevys Telefonnummer auf einen Zettel. »Du kannst auch gerne bei ihr vorbeifahren. Sevy wird aber am Wochenende wieder unterwegs und damit schwer erreichbar sein.«

Ray nickte und stand auf. »Ich bezahle die gesamte Rechnung, werde dann aber gehen. Du hast sicher Verständnis dafür, dass ich keinen Hunger mehr habe.«

»Ray, du kannst mich doch nicht...«, rief Marina dem wegeilenden Ray hinterher, doch er drehte sich nicht mehr zu ihr um.

»Dann soll er doch stundenlang versuchen, Sevy zu erreichen. Sie ist eh im Krankenhaus und für ihn erst einmal unerreichbar.« Doch das tröstete Marina nicht so richtig mehr über ihre völlig fehlgeschlagenen Versuche, Ray für sich zu gewinnen hinweg.

## KAPITEL 26

Am Montag erschien Marina sehr schlecht gelaunt in der Praxis des Herrn Doktor Reuters. Nicht nur, dass Sevy noch zwei Wochen krankgeschrieben war und daher eine Menge Arbeit auf sie zukäme. Marina musste letztlich auch die Hoffnung auf Ray begraben. Ihre Handlungsmöglichkeiten waren erschöpft.

Wie vermutet, erwartete sie ein sehr arbeitsintensiver Vormittag. Viele Patienten kamen mit Magen-Darm-Erkrankungen, die momentan im Umlauf waren, und benötigten Medikamente sowie Arbeitsunfähigkeitsbescheinigungen und Atteste. Als der Doktor gerade den letzten Patienten für diesen Vormittag, einen älteren Herrn mit Ischiasbeschwerden, in sein Behandlungszimmer gerufen hatte, wurde die Eingangstür der Praxis schwungvoll geöffnet.

»Die Sprechstunde des Herrn Dr. Reuters ist gleich beendet. Kommen Sie bitte am Nachmittag ab 14:30 Uhr wieder«, rief Marina zur Tür, ohne sich den Patienten näher anzuschauen.

»Ich will nicht Herrn Dr. Reuter, sondern Sevy sprechen«, ertönte eine männlich-dunkle Stimme direkt vor ihr, die ihr Herz höherschlagen ließ. Ray!

»Sevy ist nicht hier«, antwortete Marina unwirsch. »Der Doktor wird es nicht gerne sehen, wenn sie privaten Besuch in der Praxis empfängt.

»Wo ist Sevy?« Rays Stimme nahm einen Ton an, der keinen Widerspruch duldete.

»Hast du sie etwa am Wochenende nicht erreicht? Ich sagte dir, dass sie viel unterwegs ist. So langsam solltest du sie doch kennen.«

»Irgendetwas stimmt mit Sevy nicht, das weiß ich. Warum arbeitet sie nicht und ist auch nicht zu Hause anzutreffen? Ist sie etwa im Krankenhaus oder hatte sie einen Unfall?« Verzweifelt schlug er mit der flachen Hand auf die Anmeldungstheke.

Sofort ging die Tür des Sprechzimmers auf und der Doktor kam heraus. »Was ist denn hier los?«

»Entschuldigung. Sie sind sicher Herr Dr. Reuter. Können Sie mir bitte sagen, was mit Sevy Bambach los ist? Ich treffe sie nicht zu Hause an und telefonisch ist sie auch nicht erreichbar.« In Rays ernstes Gesicht gruben sich inzwischen tiefe Sorgenfalten.

»Darf ich fragen, wer Sie überhaupt sind?«, fragte der Doktor im ruhigen Ton.

»Ich bin der Vater von Sevy Bambachs Kind. Mein Name ist Ray Brun.«

Marina saß hinter der Empfangstheke und konnte nicht fassen, dass ein Teil ihrer Lügen womöglich gleich aufgedeckt würden. Drohendes Unheil kam auf sie zu und sie war machtlos. Marina konnte nichts tun, um es zu verhindern.

»Bedauerlicherweise darf ich Ihnen nichts Näheres über Frau Bambach sagen - wegen der ärztlichen Schweigepflicht. Ich würde aber vorschlagen, dass Sie sie im Krankenhaus besuchen.« Herr Dr. Reuter war sehr freundlich zu Ray.

»Sie ist im Krankenhaus? Wegen der Abtreibung?« Ray zitterte vor Aufregung.

»Welche Abtreibung? Nein, meines Wissens geht es ihr inzwischen wieder besser. Frau Senft, Sie haben sie doch am Freitag besucht. Was sagte sie denn?« Der Doktor wandte sich an Marina, die nicht mehr wusste, wie sie sich aus den Verstrickungen ihrer Lügen befreien sollte.

»Es geht ihr besser«, antwortete sie daher kurz und möglichst nichts aussagend.

Ray funkelte sie wütend an.

»Frau Senft, schreiben Sie doch bitte diesem jungen Mann die Anschrift des Krankenhauses, die Station- und Zimmernummer von Frau Bambach auf.«

Marina schluckte. »Ich habe sie im Computer. Einen Moment, ich drucke sie aus«, beeilte sie sich zu sagen. Ray durfte ihre Handschrift nicht erkennen, mit der sie Sevys Einladung zum Essen bei ihm abgesagt hatte.

»Frau Senft, warum so umständlich? Ich habe die Anschrift im Kopf und erinnere mich auch noch an die Zimmernummer. Ich diktiere Sie Ihnen.« Der Doktor holte tief Luft und nannte bereits den Namen des Krankenhauses.

Marina blieb nichts anderes übrig, als die Anschrift, die Station und die Zimmernummer brav auf einen weißen, quadratischen Zettel zu schreiben. Sie benutzte jedoch die Druckschrift und hoffte, dass Ray sie so nicht offensichtlich dem Absagebrief würde zuordnen können.

Sie gab schweigend den Zettel an Ray weiter.

»Vielen Dank Herr Dr. Reuter. Ich gehe jetzt gleich zu ihr!« Ray war sichtlich erleichtert.

»Bitte helfen Sie ihr ein wenig, Herr Brun. Sie ist ziemlich verzweifelt.« Der Doktor schüttelte Rays Hand.

»Ich werde zu meiner Verantwortung und auch zu Sevy stehen«, nickte Ray.

In Marina stiegen heiße Tränen der Wut auf. Warum hatten sich alle gegen sie verschworen?

Ray drehte sich aber noch einmal zu Marina um. »Auf Wiedersehen, Marina.« Rays Stimme hatte einen sarkastischen Unterton bekommen. »Vielen Dank auch für die Anschrift. Deine Handschrift ist sehr... speziell. Wir sollten darüber noch einmal reden.«

## KAPITEL 27

Marinas Herz fing an zu klopfen, jedoch dieses Mal nicht vor freudiger Erwartung, sondern vor Scham und Angst. Sie hatte sich nicht gescheut, diese Lügen und Verletzungen zu planen, aber sie schämte sich jetzt, da alles aufflog.

Ihr wurde schlagartig klar, dass sie nur noch eine Sache tun konnte, um es wenigstens ein wenig besser zu machen.

»Herr Doktor, kann ich jetzt Mittagspause machen?«, bat sie ihren Vorgesetzten, bevor er sich wieder seinem im Sprechzimmer wartenden Patienten zuwandte.

»Klar, Sie können abschließen. Ich lass den letzten Patienten dann selbst heraus.«

Ray befand sich schon an der Ausgangstür, als Marina ihm hastig hinterherlief. »Ray, ich muss dir die Wahrheit erzählen. Warte bitte, ich komme mit nach draußen.«

»Noch mehr Lügen?« Ray ging drohend auf sie zu. »Ich habe keine Zeit und Interesse an deinen Intrigen.«

»Bitte, Ray, nur fünf Minuten. Ich habe viele Dinge getan, um euch auseinanderzubringen.«

Marina schob Ray nach draußen und schloss von außen die Praxistür hastig zu.

»Dann bin ich mal gespannt, was da sonst noch kommt.«

»Da vorne ist ein Park. Lass uns ein wenig entlanglaufen.« Marina wollte nicht, dass sie auch noch ihre Stelle verlor, weil ihr Vorgesetzter einen Teil von ihrer Beichte mitbekäme.

Ray nickte.

Sie gingen wie Freunde schweigend zum Park und dann räusperte sich Marina. »Du weißt, dass ich mich in dich verliebt habe.«

»Was soll das jetzt?« Ray fasste Marina hart am Arm.

»Daher habe ich das alles getan. Ich habe solche gemeinen Dinge noch nie vorher gemacht, das schwöre ich. Ich kam einfach nicht von dir los. Das ist die Erklärung und nun erzähle ich dir die Wahrheit.«

»Nun, dann bin ich aber gespannt.«

»Nachdem du mich am Weiberfastnachtdonnerstag nach Hause gebracht hast, erzählte ich Sevy, dass du die Nacht bei mir verbracht hast.«

»Was?« Rays Augen strahlten inzwischen bedrohlich. »Daher hat sie meine Einladung zum Abendessen abgelehnt. Moment. Ich habe deine Schrift vorhin gesehen. Du hast mir die Absage geschrieben, schön in der Lüge verpackt, dass sie verheiratet sei.«

»Ja«, nickte Marina. »Zudem habe ich ihr erzählt, dass ich auch eine Einladung am Freitag davor von dir erhalten und abgesagt habe.«

»Hat Sevy etwa doch am Samstag auf mich gewartet, wenn sie von deinem Brief an mich nichts gewusst hatte?« Rays Augen wurden jetzt feucht.

»Ja, das hat sie. Sie glaubte nicht, dass du der Lügner und Betrüger bist, als den ich dich darstellen wollte. Als du nicht kamst, ging sie mit mir in den irischen Pub.« Marina schluckte. Als sie Ray davon berichtete, wurde ihr bewusst, wie bösartig und egoistisch ihre Handlungen gewesen waren.

»Dennoch hat sie mich wieder in ihre Wohnung gelassen und...« Ray stockte.

»Ich weiß, dass ihr euch nähergekommen seid. Sevy sieht in mir ihre beste Freundin und erzählt mir alles.«

»Womit es jetzt wohl vorbei sein wird, wenn auch sie die Wahrheit erfährt«, ergänzte Ray. Plötzlich nickte er. »So langsam verstehe ich, wie du tickst. Dann war vermutlich der gebuchte Callboy auch dein Werk.«

Marina nickte.

»Eine Sache ist mir noch wichtig. Hat Sevy wirklich abgetrieben?« Ray schaute Marina in die Augen. »Nun sag schon.«

»Nein, ich glaube nicht. Sie wollte eigentlich das Kind von dir behalten. Ich denke nicht, dass sie sich noch umentschieden hat.« Marina fiel es unendlich schwer, ihm die Wahrheit zu erzählen und ihn letztlich damit doch mit ihr zusammenzubringen.

»Marina, weißt du eigentlich, wie viel Kummer und Schmerz du verursacht hast?« Ray wusste nicht, ob er Wut oder nur Unverständnis für so viel verletzende Energie empfinden sollte.

»Ray, ich liebe dich. Ich habe dich an Weiberfastnacht zuerst gesehen und ich kann es nicht ertragen, wenn ihr beide zusammenkommt.« Marina schluchzte auf.

»Marina, du bist doch keine vierzehn Jahre mehr alt. Du konntest doch nicht wirklich glauben, dass du meine Liebe erzwingen kannst.«

»Ich weiß, aber ich dachte, wenn du mich erst einmal kennen lernst, wirst du mich auch lieben können.« Marina schaute Ray mit einer Mischung von Verzweiflung und Schmerz an.

»Wärst du wirklich glücklich mit mir geworden, da du weißt, dass du nur die zweite Wahl gewesen wärst? Hättest du nicht ewig in Angst gelebt, ich würde alles erfahren und meine Liebe zu Sevy wiederentdecken? Womöglich wolltest du mich auch ständig von Sevy und den anderen attraktiven Frauen fernhalten? Das ist keine Liebe«, erklärte Ray wie zu einem kleinen Kind.

Marina nickte. »Ich war wie besessen, aber jetzt weiß ich, dass du Recht hast.«

Gegen seinen eigenen Willen nahm Ray Marina plötzlich in den Arm. Statt Wut machte sich unendliche Erleichterung in ihm breit. Sevy und er hatten noch eine Chance, wenn sie von Marinas Intrigen erführe. Jetzt flammte wieder die Hoffnung auf eine glückliche Zukunft mit Sevy auf, die er schon fast begraben musste.

»Marina, ich habe selbst in den letzten Monaten erfahren, wie schmerzhaft eine unerfüllte Liebe sein kann. Dennoch habe ich nicht geplant, einen anderen Menschen vorsätzlich zu verletzen oder habe versucht, Lügengeschichten zu erfinden. Ich werde Sevy so schnell wie möglich alles erzählen müssen. Aber um es einmal klar darzustellen: Auch wenn ich nicht mit Sevy zusammenkommen sollte, wäre ich nie eine Beziehung mit dir eingegangen. Wir passen nicht zusammen. Bitte, Marina, hole dir professionelle Hilfe, mit der du darüber reden kannst. Dann wirst du erkennen, dass du dich verrannt hast.«

Marina schluchzte. »Warum bist du jetzt trotzdem so nett zu mir?«

»Sevy ist deine Freundin. Daher soll sie entscheiden, wie wir weiter zu dir stehen. Außerdem tust du mir auch in gewisser Weise leid.« Ray ließ Marina los. »Dennoch war es mutig von dir, mir alles zu erzählen und dazu zu stehen. Aber ich will jetzt endlich Sevy besuchen.«

Marina nickte und Ray rannte los.

## KAPITEL 28

Sevy lag ruhig auf ihrem Bett. Herr Doktor Reuter hatte dafür gesorgt, dass sie ein Einzelzimmer erhalten hatte. So konnte sie ihren Gedanken freien Lauf lassen und das schon seit drei Tagen. Warum war alles mit Ray schiefgelaufen? Nein, nicht alles. Sein Kind war ein Geschenk, eine Erinnerung an einen Mann, den sie liebte, der aber keine Bindung wollte.

Sevy legte ihre Hände auf ihren Bauch. Das Baby brauchte sie und sie das Baby. Hoffentlich sah es wie Ray aus. Sie musste lachen. Ray hatte sie verlassen, aber sie würde das Kind lieben, egal, wie es aussähe.

Ein sanftes Klopfen an der Tür schreckte sie aus ihren Gedanken. Ein Besucher um diese Zeit? Die Pfleger, Schwestern und Ärzte klopften für gewöhnlich nicht. Marina konnte es um diese Zeit auch nicht sein. Zudem war Marina seit dem Freitag nicht mehr bei ihr gewesen und hatte sich auch nicht gemeldet. Vielleicht war sie doch ärgerlich darüber, dass sie ihr durch ihre Schwangerschaft mit so viel

Arbeit in der Praxis belastet hatte. Sevy konnte das verstehen.

Es klopfte erneut an der Tür.

»Herein«, rief Sevy und war sehr neugierig, wer sie besuchen wollte.

Als die Tür langsam geöffnet wurde und sie Rays Gesicht erkennen konnte, schüttelte sie den Kopf. »Ich will dich nicht sehen.«

»Ich muss dir einiges erklären«, rief Ray durch den Spalt in das Krankenzimmer.

»Ich will keine Erklärungen, Rechtfertigungen oder neuen Lügen mehr. Lass mich in Ruhe, Ray.«

»Du erwartest ein Baby von mir.« Rays Stimme war warm.

»Ich lasse es nicht abtreiben, falls du mich dazu überreden willst. Du wirst keinerlei Verpflichtungen mir und dem Kind gegenüber haben. Jetzt kannst du wieder beruhigt gehen.« Sevy sprach laut und ihr wurde ein wenig schwindelig.

»Sevy, ich will mich doch nicht vor der Verantwortung drücken!«, rief Ray durch den Spalt in das Krankenzimmer.

»Ich weiß, dass du genug Geld hast und nicht als Mann dastehen willst, der kein Rückgrat hat.« Sevys Stimme versagte nahezu.

»Es ist nicht so, wie du denkst. Ich habe nie...« Ray klang verzweifelt.

»Jetzt kommt wieder die nächste Lüge, ich weiß. Ich kann dir einfach nicht mehr vertrauen. Auch mir passieren ungewöhnliche Dinge, die dein Vertrauen in mich ebenso erschüttert haben. Mit uns beiden - das soll einfach nicht sein. Geh bitte.«

»Was ist denn hier los?«, fragte plötzlich eine männliche junge Stimme, die sich als die des Pflegers herausstellte. »Die Patientin braucht dringend Ruhe. Wenn sie Sie nicht sprechen will, müssen Sie das akzeptieren oder später nochmal wiederkommen.« Der Pfleger schob Ray bestimmt von der Tür weg und schloss sie hinter sich.

»Klingeln Sie bitte, wenn so etwas noch einmal passiert«, bot der besorgte Pfleger an. Sevy nickte.

## KAPITEL 29

Ray stand auf dem Stationsflur im Krankenhaus und war völlig ratlos. Endlich konnte er Sevy und sich die Vorgänge erklären und somit den Weg für eine gemeinsame Zukunft frei machen. Doch Sevy wollte offensichtlich nichts mehr von ihm wissen. Ihr war alles zu viel und sie hatte den Glauben an ihre Beziehung verloren.

Was sollte er bloß tun?

Langsam verließ er das Krankenhaus. Ray konnte Sevy jetzt nicht im Stich lassen. Plötzlich rannte Ray los und wusste genau, wohin er wollte. Es gab nur noch eine Person, die Sevy die Wahrheit erzählen konnte und der sie auch zuhören würde: Marina.

Endlich stand Ray keuchend vor Marinas Haustür und drückte herzklopfend auf die Türklingel. Hoffentlich war sie zu Hause.

»Wer ist da?«, ertönte Marinas Stimme in der Gegensprechanlage.

»Ray!« Gott sei Dank, Marina war zu Hause.

Die Tür surrte und Ray konnte hineingehen.

Marina stand in ihrer Wohnungstür. »Warum kommst du zu mir?«, fragte sie ängstlich.

»Ich brauche deine Hilfe!«

»Dann komm doch erst einmal herein.«

Als Marina die Wohnungstür geschlossen hatte, sprudelte Ray auch schon los: »Sevy will mich nicht mehr sehen und schon gar nicht mit mir sprechen. Du musst ihr dasselbe wie mir beichten, damit sie weiß, dass dies alles...« Ray schluckte. »...nicht wirklich so passiert ist, wie sie es glaubt.« Ray schaute Marina hoffnungsvoll an.

Doch sie schüttelte den Kopf. »Das kann ich nicht.«

Sie standen noch in Marinas Diele, die sehr verspielt eingerichtet war. Ein großer Jugendstilspiegel ließ den kleinen, viereckigen Raum größer erscheinen. Marina schaute zu Boden.

»Was? Marina, das bist du mir und Sevy schuldig! Durch deine Intrigen vertraut sie mir nicht mehr. Du musst das richtigstellen.« Rays Stimme war laut geworden.

»Das stimmt. Aber ich kann es nicht.« Marinas Stimme blieb dagegen ruhig.

»Warum nicht?« Ray hätte sie am liebsten geschüttelt, aber er wusste, dass auch dies nichts bringen würde.

Nun schaute Marina auf. »Ich habe Sevy seit Monaten belogen und gegen dich manipuliert. Ich habe ihr gesagt, was für ein verlogener Mistkerl du bist. Ich habe ihr geraten, sich möglichst von dir fernzuhalten. Und ich habe ihr gesagt, dass du mit mir die Nacht verbracht hast.«

»Deswegen musst du ihr jetzt auch die Wahrheit erzählen«, drängte Ray.

»Du glaubst doch nicht ernsthaft, dass sie mir bis zum Ende zuhören würde? Sie ist in der Praxis des Dr. Reuter ohnmächtig geworden, weil ihr alles zu viel wurde. Wie soll sie dann noch verkraften, dass alles anders war, als sie es glaubt?« Marinas Stimme wurde leise. »Es wird schwer für Sevy, wenn ich plötzlich das Gegenteil behaupte, von dem, was ich ihr sonst eingeredet habe.«

Ray nickte.

»Doch ich habe eine Idee.« Marina rannte plötzlich los und kam ein paar Minuten später wieder.

»Sevy hat eine jüngere Schwester, Burgis. Sie wohnt nicht hier, sondern im Süden. Ich habe sie gerade im Internet gesucht und ihre

Anschrift sowie die Telefonnummer gefunden. Sie ist Fotografin und hat eine eigene Webseite.«

Ray nickte verwirrt.

»Ich werde sie gleich anrufen und darum bitten, dass sie es Sevy schonend erzählt. Sevy liebt ihre Schwester sehr und wird ihr glauben.«

Nun nickte Ray begeistert. »Die Idee ist wirklich gut. Hoffentlich hat sie bald die Möglichkeit, mit Sevy zu sprechen. Darf ich so lange hier warten, bis du sie angerufen hast? Ich wüsste gerne, ob es funktioniert.«

Marina nickte. »Links ist das Wohnzimmer. Im Schrank stehen auch verschiedene Getränke. Nimm dir, was du willst.« Dann verschwand sie.

Kurze Zeit später hörte Ray sie im Nebenzimmer reden. Anscheinend hatte Marina Sevys Schwester erreicht.

Nach fast einer halben Stunde kam Marina in das Wohnzimmer. Ihre Augen waren feucht und ihre Haare durchwühlt.

»Erzählt sie es Sevy?«, fragte Ray.

»Ja. Sie wird morgen Abend mit Sevy sprechen. Sie bittet dich, auch um 18:00 Uhr dort zu sein.«

»Sehr gerne!« Ray nickte erleichtert.

## KAPITEL 30

Sevy war erschöpft und sank in einen leichten Schlaf. Sie wurde wieder geweckt, weil jemand zaghaft an ihre Krankenzimmertür klopfte. Sie öffnete langsam ihre schweren Augen und sah, dass ihr Abendbrottablett auf dem heruntergeklappten Tisch ihres Schränkchens stand. Es musste also nach 18:00 Uhr sein.

»Marina, bist du es?«, fragte Sevy hoffnungsvoll.

»Nein, ich bin es, Burgis, deine Schwester.«

Freude stieg in Sevy auf und sie rief schnell: »Bitte komme doch herein.«

Mit einem riesigen Blumenstrauß und Sevys Lieblingspralinen betrat sie den Raum.

»Burgis, woher weißt du, dass ich hier im Krankenhaus bin?«

Burgis umarmte ihre Schwester, so gut es im Liegen ging, legte dann die Pralinenschachtel und den Blumenstrauß auf ihr Schränkchen.

»Sevy, warum hast du mich nicht viel früher angerufen? Marina hat meine Telefonnummer im Telefonbuch gefunden und hat mich informiert, dass du schwanger im Krankenhaus liegst. Du musst wohl sehr lieb von mir erzählt haben.« Burgis zwinkerte Sevy zu und strich ihr liebevoll über die Wange.

»Ja, du bist doch meine kleine Schwester. Ich habe dich lieb.« Sevy fühlte sich das erste Mal seit Monaten sicher. »Warum hat dich denn Marina benachrichtigt? Gibt es etwas, von dem ich nichts weiß?« Sevy wusste, dass Burgis sie niemals anlügen würde.

»Du weißt fast nichts, wenn man davon ausgeht, was dir alles verheimlicht wurde«, stöhnte Burgis. Als sie Sevys bestürztes Gesicht sah, sagte sie jedoch schnell: »Keine Sorge, es betrifft nicht deine Gesundheit oder die deines Kindes.«

Sevy setzte sich auf. »Um was geht es dann?«

Burgis holte sich einen Stuhl und setzte sich an Sevys Bett. »Sevy, was musst du in den letzten Monaten mitgemacht haben! Marina und Ray haben mir alles erzählt und ich werde auch dich jetzt aufklären.«

»Marina und Ray? Sind sie ein Paar oder wieso wissen sie mehr als ich? Ich verstehe dich nicht.« Sevy schüttelte verständnislos den Kopf.

»Nein, sie sind nicht zusammen und waren es auch nie. Wusstest du eigentlich, dass Marina in Ray verliebt ist und alles getan hat, um ihn für sich zu gewinnen?«

»Davon hat sie mir nie etwas erzählt.« Sevy schaute Burgis fassungslos an.

Sehr langsam und mit höchster Konzentration erzählte Burgis von den Geschehnissen und den Betrügereien Marinas. Jedes Mal, wenn Sevy sie unterbrach, winkte sie ab. »Höre dir bitte alles bis zu Ende an, sonst verliere ich den roten Faden. Es war wirklich unglaublich viel, was Marina zu beichten hatte.«

Als Burgis die Schilderung damit beendet hatte, dass zu guter Letzt Marina Ray die gesamte Geschichte erzählt hatte, Sevy aber Ray nicht mehr hatte sehen wollen und er daraufhin Marina um Hilfe gebeten hatte, holte Sevy tief Luft. Jetzt ergab alles einen Sinn, wenn auch einen erschütternden. Ihre beste Freundin hatte sie für einen Mann verraten und betrogen, den sie für sich selber hatte haben wollen.

## KAPITEL 31

»Wie konnte Marina mir das nur antun?«, fragte Sevy halblaut.

»Es kommt vermutlich auf die Sichtweise an«, gab Burgis zu bedenken.

»Wie meinst du das?«

»Sie hat Ray an Weiberfastnacht auf sich aufmerksam und dann mit dir bekannt gemacht. Aus ihrer Sicht hast du ihr den Traummann weggeschnappt.«

Sevy schrak zurück. »Ist sie so sehr in Ray verliebt?«

»Ja, sie wollte ihn auf jeden Fall bekommen. Aber war es nicht auch so, dass du bereit warst, ihm alles zu verzeihen, als du ihn wiedertrafst? Marina und du hatten einfach das Pech, euch in denselben Mann zu verlieben.«

Sevy nickte zögernd. »Ich hätte aber nicht solche Betrügereien geplant.«

»Jede Frau ist anders. Die eine wartet ab, was sich tut, die andere geht aktiv auf ihr Ziel zu. Marina hat alles zugegeben und in letzter Minute doch die Wahrheit gesagt, obwohl ihr das sehr schwergefallen ist.«

Sevy nickte. »Du hast Recht. Ich werde in den nächsten Tagen mal mit ihr sprechen. Es wird einige Zeit brauchen, bis ich ihr wieder vertrauen kann, aber vielleicht sollte ich ihr wirklich eine zweite Chance geben.«

Burgis umarmte ihre Schwester. »So kenne ich dich! Du solltest aber auch deinem Ray eine zweite Chance geben, zumal er sich bei der ersten Chance gar nichts hat zu Schulden kommen lassen.«

»Oh, mein Gott.« Sevy erschrak. »Ich habe ihm heute Mittag gesagt, dass ich ihn nicht mehr sehen möchte. Hoffentlich ist jetzt nicht alles zu...«

»Keine Sorge, Schwesterchen. Er steht draußen im Gang und ich lasse ich ihn mal jetzt zu dir.«

Sevy richtete sich erfreut auf.

Als Burgis gegangen war, öffnete sich die Tür wieder einen Spalt. »Darf ich jetzt hereinkommen, Sevy?« Rays verschmitzter Gesichtsausdruck lösten die letzten verbliebenen Vorbehalte in Sevy in Luft auf.

»Ray, es tut mir so leid, dass ich dir nicht vertraut habe. Bitte komme ganz schnell herein.«

Er trat ein und schloss leise die Tür hinter sich.

»Ich hätte auch dir mehr vertrauen sollen. Aber das sollte uns für die nächsten fünfzig gemeinsamen Jahre eine Lehre sein.« Er ging langsam auf Sevy zu, beugte sich zu ihr herunter und küsste sie sanft.

»Fünfzig Jahre? Das klappt nur, wenn du nicht wieder Essenseinladungen wie eine Wurfsendung an Frauen verteilst und sich bei mir kein Callboy mehr verläuft.«

»Den nächsten Callboy, der dich belästigt, lade ich erst freundlich zu einem Gespräch auf ein Glas Wein ein, bevor ich die Flucht ergreife. Versprochen.« Rays Hände liebkosten Sevys Gesicht, ihren Hals und wanderten zu ihrem Bauch herunter. »Das Kind der Liebe«, flüsterte er. »Da fehlt nur noch eines.«

»Was denn?«, fragte Sevy lächelnd.

»Ich will dich so schnell wie möglich heiraten, damit du mir nie wieder abhandenkommst.« Geschickt holte Ray einen Diamantring aus seiner Tasche und steckte ihn Sevy an den Ringfinger, ohne eine Antwort von ihr abzuwarten. »Das mit den langen Auslandsreisen werde ich auch regeln. Ein glücklicher Vater und Ehemann will möglichst viel bei seiner Familie bleiben.«

Glückselig zog Sevy Rays Gesicht zu sich herunter und küsste seine rauen Lippen, sog den Geruch seines herben Aftershaves ein und fühlte, dass sie auf der Sonnenseite ihres Lebens angekommen war.